流马 著

假如你沒有机会 加入黑手党

中华书局

图书在版编目（CIP）数据

假如你没有机会加入黑手党/流马著. —北京：中华书局，
2015.3
ISBN 978 – 7 – 101 – 10138 – 6

Ⅰ.假…　Ⅱ.流…　Ⅲ.随笔 – 作品集 – 中国 – 当代
Ⅳ.I267.1

中国版本图书馆 CIP 数据核字（2014）第 088212 号

书　　名	假如你没有机会加入黑手党	
著　　者	流　马	
责任编辑	徐卫东	
出版发行	中华书局	
	（北京市丰台区太平桥西里 38 号　100073）	
	http：//www.zhbc.com.cn	
	E-mail：zhbc@ zhbc.com.cn	
印　　刷	北京瑞古冠中印刷厂	
版　　次	2015 年 3 月北京第 1 版	
	2015 年 3 月北京第 1 次印刷	
规　　格	开本/880×1230 毫米　1/32	
	印张9⅞　插页2　字数 135 千字	
印　　数	1 – 6000 册	
国际书号	ISBN 978 – 7 – 101 – 10138 – 6	
定　　价	32.00 元	

目录

奇人志

如何回忆自己

致幻剂研究

内省癖

病毒与人性

　　1885 年 7 月 6 日，在法国阿尔萨斯，一头疯狗撞倒了一个九岁的小男孩，并对他连咬十四口。狂犬病在当时是不治之症，因为医学界对狂犬病毒尚没有正确的认识。但这个名叫迈斯特的小男孩是幸运的，他被立刻送到巴斯德医生家中，巴斯德连续向迈斯特注射了十三次逐渐增强的稀释病毒，实际上就是他自己秘密研制出来的狂犬疫苗，以此方法神奇地救活了小男孩。

　　巴斯德是最早认识并提取到狂犬病毒的微生物学家，为了证明研制疫苗的有效性，他甚至打算让一条疯狗先咬伤自己；但他也是幸运的，正当他要找疯狗来咬自己时，遇到了送上门来的迈斯特。他的治疗方式在当时尚属违法，一旦失败，后果难以想象。但巴斯德成功了，这一成功直接奠定了免疫学的诞生，是人类在治疗传染病方面的一次迅猛飞跃。

故事并没有结束，十年后，巴斯德死于急发症；又五十五年后，纳粹占领法国，当年的小男孩迈斯特已经是巴斯德研究所看门人。当德国士兵牵引着恶犬，病毒般占领巴斯德研究所并试图进入巴斯德墓地时，迈斯特在家中开枪自杀。

再后来，二十世纪后半叶，出生于捷克的赫鲁伯医生，一位在免疫学界和诗歌界都享有世界声誉的双料牛人，写下一首诗纪念这件事情，并感叹："只有病毒经得起磨难。"

作为免疫学家，赫鲁伯无疑是最了解病毒的人；作为诗人，他无疑又最了解人性。一个这样的人说："只有病毒经得起磨难"，是什么意思呢，我有点费解。但是，如果人有一天变成病毒本身，我就觉得好理解多了。

禽流感不是又来了吗？人们好像都很担心，不过我看并没有人真的在乎，谁也阻挡不住中国人骨子里的满不在乎爱谁谁。天气一好，公园里照例挤满了幸福和谐的人民，微博上到处是赞美空气、阳光和风景的照片，尽管这艳阳照得人空虚，春风吹得人伧俗，但没有人想过是否配得上这偶然的好天气。

其实，中国人早就"百毒不侵"，什么 SARS，什么禽流感，什么水污染，什么毒牛奶、毒奶粉，什么滥用抗生素，不过浮云耳——中国人可能是人类历史近代以来最耐毒的一个种族。

我们几乎成了病毒本身，尽管我们不乐于承认。我们早就比病毒经得起磨难，只是当面对磨难或者病毒时，我们是不是已经忘记作为一个人原本应该有的正常反应？

病毒可以杀死一个敏感的人，却对麻木的人无能为力。

你愿意做一个敏感的人，时有病痛时有伤怀时有愤怒时有不平，还是愿意做一个麻木的人，因为失去痛感神经可以经受任何磨难而不自觉，无欢亦无忧，不冷也不热地过活？

黄金时代在哪里

现在的作家谈起马尔克斯，会说他是一个让人高山仰止的人物，然而在马尔克斯心目中，海明威才是大师，而在海明威那里，陀思妥耶夫斯基才是真正的神。

在伍迪·艾伦的影片《午夜巴黎》里面，一个年轻好莱坞编剧向往着上世纪二十年代的巴黎，认为那才是一个作家所应该生活的"黄金时代"。于是他在夜晚穿越到过去，如愿以偿地遇到海明威、菲茨杰拉德、斯泰因和毕加索，他希望自己能在这个年代的巴黎写作，做一名真正的小说家。他爱上了毕加索的情妇，但对毕加索的情妇来说，她心目中的"黄金时代"还要往前再推二三十年。于是他们就穿越过去，遇到了高更，但是高更同样对所身处的时代感到失望，他渴望的是能和文艺复兴时期的大师们一起生活。

自从陈丹青首倡"民国范儿"以来，当代的中国知识分子似乎一下子找到了自己的"黄金时代"。无论是在北洋政府，还是在国民政府治下，知识分子们个个具有忧思难忘的家国情怀不假，与此同时亦不缺少旖旎烂漫的生活方式。早上在报馆写文章痛骂政府，下午便可以去"太太的客厅"喝茶聊天；白天谈革命，晚上吃花酒，几篇文章的稿费可以换来粉丝如潮，亦可以在如今北京二环内置四合院一座，都不用交按揭；更重要的是，那时的知识分子，个个有一张"没有受过欺负的脸"。

　　我想，对于当下的知识分子而言，是真的很想尝尝"没有受过欺负"的滋味的，也正因如此，他们有理由怀念那个时代。但那时的人同样对身处的时代不满乃至憎恨，只是那时的人跟巴黎不同，他们没有过去可以追怀，他们厌弃老旧的中国，而所向往的"黄金时代"还在未来——碰巧的话，也许恰恰就是今天。

　　每个人都有一个心目中的 PARADISE，但每个人又必须生活在所身处的当下。这就是人们普遍纠结的原因。

　　虽然纠结会让人痛苦、凌乱，但总的来说，纠结还算个好东西。心中有不满足，才会创造一种东西让自己满足。从这个意义上说，纠结是人生的源动力，激发着你去选择。在没有迷失的前提下，要么聪明地顺遂于当下，要么义无反顾地走向你心中的PARADISE。两种都是好的，因为你知道自己在做什么和为什么要这么做。

糟糕的是，有的人既不满于当下，又不清楚自己到底想要什么，那就比较麻烦了。你以为他是身在曹营心在汉，殊不知他到了汉营又心在曹。那他就只好为"纠结"而"纠结"，最后不免会成为"纠结"本身。

聪明的人，会选择《午夜巴黎》中那个主人公的选择：就是现在，就是那个雨中遇到的巴黎女孩。

活在别人的意义里

　　最近一个同事狂迷《在路上》，每次网上遇见都要和我探讨。而我如今年岁渐长，早过了力比多无处发泄的青春年代，对这种书和它所代表的价值都不再感兴趣。这位同事比我还年长几岁，看到此书却像找到知音一般，相逢恨晚，甚至产生了要辞职"上路"的意思。我就很怀疑，要么是我心态有问题，要么是他没有真正读懂此书。

　　虽然这书很有名，相信真正读过的人还是不多，读过又真正读懂的更在少数。实际上，这本书在中国一直被各种误读，追求小资生活的文艺男女喜欢贴"在路上"的标签，四处乱走的驴友族把它当作一种生活方式的《圣经》，旅游业商家就更不用说了，这三个字就是最现成的广告语。我倒觉得，这些误读没什么不好，若真读懂了，并且真去践行它的意义或价值，那才叫悲剧。

同事说这本书让他想起自己当年还是个穷屌丝的时候，三五好友暑假留在学校，每天出去打工的那段生活，最困难的时候五个人一百块钱过了一个半月。他说，那是艰苦的日子，却是火热的青春。同事还感叹了些"毕竟我们努力过了"、"青春无悔"之类的话。我说好，就此打住，由此已经看出，你没看懂《在路上》，并且产生了可怕的胡乱联系。

　　我说，你们那一个半月的艰苦生活，说白了只是被一种青春与生俱来的上进心所鼓舞，追求的是一种积极向上的入世生活，是一种勤于打磨自己以尽快适应社会，并且希望得到社会承认的急切心态。你们每天出门摆着一张热切的脸，无非是想对雇主说：快雇用我吧，你看我多么优秀。

　　但对不起，这可不是《在路上》的精髓，凯鲁亚克所代表的"垮掉的一代"，才没有什么"青春无悔"之类的价值观，这恰恰是《在路上》的精神所反对的。它真正的价值观是放纵，堕落，享乐，从而击毁所有正面价值。他们才不要向谁证明什么，你们那一个半月的奋斗本质上还是要获得社会认同，而凯鲁亚克们要得到的是否定，并且越被否定越感到自己牛逼。

　　所以说《在路上》迎合的只是年轻盲动、力比多无处发泄、脸上长满痘子的二十岁青年，是整天无所事事、感觉无路可走，并且被自己的绝望感欺骗的人。悲剧的是，这正是如今很多号称艺术青年的人所信奉的价值，但因为他们只是"信奉"和盲从，自身却不够强大和智慧，所以只能被这种价值本身玩弄和摧毁。

为什么人们常说玩艺术的最终被艺术玩了？一些人完成生活本身，只给他人产出一些"意义"，而这些意义却成为他人的精神负担。这就是凯鲁亚克直接生产给当下艺术青年们的"精神负担"。你承认凯鲁亚克伟大，那又怎样呢？那是凯鲁亚克的生活，而且不可复制，更不应将他活出来的"意义"和"价值"付诸你的生活。

我对那哥们说，你现在是高级白领，家里有老婆孩子，手底下七八个人，假如现在你不带钱包，不带身份，走出写字楼，伸手随便打个车上路，不借助中国发达的公共交通，无论去哪儿都好，有勇气一试吗？就算这一切你完成了，而且符合你的想象，那也不过是再次证明了别人的意义，却不是你自己的。

以"病"为马

有一种病叫做斯德哥尔摩综合症，说一个人如果被一个罪犯长期绑架，最终会爱上罪犯，协助其犯罪；如果一群人被某个集团控制越久，尽管这个集团明明是在利用甚至迫害他们，他们仍会顺从和维护这个集团。

久病不仅能成医，病久了也会爱上病，舍不得它好，享受并且沉迷于那种痛。病人会在与疾病的痴缠中放任甚至放逐自己。他们巴不得医生能开一个"不治之症"的医学证明，这样就可以在疾病的掩护下，以"病"为马，为所欲为。

有这样一部电影，主人公因接受了某种抗抑郁症药物的临床试验，以测试它的副作用。当发现有测试者出现暴力倾向时，制药厂及时中止测试。但主人公却认为该药对自己很有效，谎称将药丢弃，暗中却继续服用。不久之后，他果然产生暴力倾向，并且人格也随之突变，原本温柔敦厚诚实善良的人，逐渐变得下流无耻，无恶不作。

当他决定将暗中服药的秘密告诉医生时，医生却告知他，他服用的药物和其他测试者不一样，只是普通的安慰剂，不可能有那些副作用。由此观众便明白，已经被证明的药物"副作用"成为他的一种心理暗示，那些下流无耻的所作所为，都是他在这种暗示下的对"副作用"的模仿。当心中的恶有了一个正当的外在借口时，他便没有办法不去作恶，并且爱上这种恶。

在济南发生过这么一个真实的故事。上世纪七十年代，为支援乡村医疗卫生建设，时兴医疗下乡驻点。有一位在省城医院工作的前辈，为躲避下乡，谎称突患急病，瘫痪在床。那时组织对这类事情的检查很严格，并且群众的眼睛是雪亮的，为掩人耳目，杜绝流言，该前辈在很长一段时间里坚持二十四小时不下床的"装病"策略。悲剧的是，正当全家人都认为风声已过，可以下床自由走动时，他竟然真的下不了床了，二十几岁的人从此便开始床上的余生。

还有个朋友，从大学毕业那天起，便拒绝找工作，抵触上班。他声称自己有家族遗传精神病史。上学期间除日常行踪较为诡秘之外，无人察觉他有任何异常。你不知道他是因为有家族病史才抵触上班，还是因为他要用长年不肯上班来证明其确有病史。

装病是病，装傻也是病。如果有人敢于证明自己是个傻瓜，他便可以像个傻瓜那样存在下去。但如果有人要让人相信他不是傻瓜，那就要费些力气。所以有病的人总是值得同情，没病的人总是活该。

在人生的大多数时间里，你不得不常常和那些以"病"为马的人行走在同一条道路上。当他们将借口、遁词、从别人处取得的宽容与谅解、客观环境的不追究不谴责以及"自欺欺人"等等盛装披挂在身的时候，你不得不为自己的"岂曰无衣"感到羞愧，就像桑丘面对疯狂的堂吉诃德，天真儿童遇见皇帝的新衣。

假如你没有机会加入黑手党

无论从事什么行当，上进心很重要，努力进入体制内，成为体制的一员很重要。这句话是不是很反讽？马丁·斯科西斯会在电影《盗亦有道》中告诉你。

为什么当吉米知道汤米将正式成为黑手党的一员之后，欣喜若狂，甚至汤米要超越他成为这个小团体的头头也无所谓？因为汤米将要成为一名真正的黑手党，而他和亨利永远不可能；真正的黑手党成员必须有纯正的意大利血统，必须祖上三代都是纯正的意大利人，而吉米和亨利都有爱尔兰血统，即使亨利的妈妈是意大利人也无济于事。

为什么当吉米知道汤米将正式成为黑手党的一员之后，欣喜若狂？因为成为一名黑手党成员，意味着你可以为所欲为，而不用付出任何代价；意味着你将被一个庞大而无所不在的体制保护着，即使你不得不付出代价，也会有人替你买单——你依然在另一个地方逍遥自在；意味着你是所有非黑手党成员的领导，他们将对你俯首听命，他们收别人的保护费；你收他们的保护费，意味着一个体制内的人对那些所有渴望加入体制而不得其门而入者的永恒优越感，你可以肆意将他们羞辱、嘲弄甚至干掉，而他们却不能说什么。

吉米和亨利，有了正式加入黑手党的汤米，就等于有了更加强硬的靠山。否则，无论你吉米、你亨利买卖干得多么红火、势力多么强大，你都不得不整天过着提心吊胆的日子，因为你不是黑手党，因为你是整个黑社会系统里的孤魂野鬼，不属于那个体制。你不但随时都可能被白道干掉，还有可能随时被那个体制轧死。

尽管你干得很好，但你不是意大利人，所以对不起，你不会得到那个奖赏、那份荣誉；你是意大利人，但你却干得很糟糕，所以对不起，你同样不会有机会参加为你而举行的入党宣誓仪式。

汤米是意大利人，干得很棒，杀人如麻，疯疯癫癫，神经质地冷血，为黑手党带来难以想象的财富，所以，他有权享受这个荣誉，所以他有权接受吉米和亨利的由衷祝贺和谄媚。

但是，他却在这个仪式上被黑手党处以死刑，因为在很久之前他杀死了一个黑手党成员。而黑手党的一个规则就是：一个级别够高的黑手党党员不是可以随便被杀死的。如果要干掉他，必须要得到更高级别的黑手党成员和体制的首肯才可以。所以，你看，当一个黑手党成员多么好，即使你不明不白地死了，你的体制还要负责调查清楚，不管多少年过去，都不会忘记为你报仇。

要努力进入体制，接受它的护佑，而做一个单打独斗的孤魂野鬼，始终都是凄惶的，到时候，连给你收尸的人都找不到。所以，你要理解那些拼命往体制内钻营的人，要理解那些每年都要认真总结自己思想工作的人，要理解那些体制内的家伙的优越感，要理解他们对体制的尊崇和捍卫。

而你，对体制不屑一顾的人，被排除在体制之外的人，忍受他们的优越感和对你的无形羞辱正是你对之不屑的代价。假如你真的在体制外无法生存，而又不能回到或进入体制，你就是一个可怜虫，没有人会怜惜你，但你万万不能惶惶不可终日。

要记住，你成不了黑手党成员，但你可以成为让黑手党尊敬甚至恐惧的人。你可以被黑手党干掉，但你不能被它吓死。

内省癖

中国是个讲究美德的国度，中国人有许多无用的美德。

比如中国人讲究"吾日三省吾身"，说你每天没事的时候都要反省一下自己啊，今天什么事情做得不好了，什么话又说得不对了，有则改之，无则加勉；又讲"反求诸己"，事情搞砸了，要多想想是不是自己的原因，不能怪别人，怪就怪自己，要"引咎自责"，要"反躬自问"，要"闭门思过"，总之最后得出一个"都怪我都怪我"的结论就对了。

有人会说，如今哪还有这种"都怪我都怪我"的人啊，触目不都是那种"都怪你都怪你"型的？人人身上都长着芒刺，半句话不中听那刺儿不知从哪儿就冒出来扎人，哪还有什么"三省吾身"、"反求诸己"，要真那样这个社会还用得着天天讲"和谐"么？

我得承认，如今的确是一个更崇尚"野蛮生长"的社会，用尽手段巧取豪夺，尽最大可能占有资源为己所用，先把自己喂饱喂大了再说，至于别人怎么着，有没有侵占别人的利益，有没有挤压别人的发展空间，那是没工夫去关心的。但我恰恰要说的是，正是因为有太多人内省成癖，自我收缩，才给了别人"野蛮生长"的机会。

理性的自省是一种主动防御，失去边界的自省不惟是被动，恐怕都有割地赔偿、卖国求荣的意思了。后者在职业生涯上来说，是乱了阵脚，而在个体的自我建构上，则变成了对自身价值的抹杀。那些职场上的失意人，生活中面容晦暗、委曲求全、隐忍不发的小人物，于是就越发地谨小慎微起来，将自我的边界无限收缩，谁都可以来踩几脚。

严厉的自省癖患者，往往把自己想象为圣徒，怀着赎罪与消业的使命，拷问内心，努力鞭打出自己皮袍下面的"小"来。这种道德的强迫症非但不会让人快乐，反而会使人压抑，无趣，难以接近。自省本身已经是一种很低的生活姿态了；越是低到尘埃里的人，往往越有一种自我完善的偏执，格局越小，越愿意精雕细琢，最终变成一件精致而无用的小摆件，去装饰别人的世界——恐怕再没有比这更无趣的人生了吧。

自省作为人自我完善的必要步骤，一种修为，是没有错的，但自省也需要注意别踏入误区。

首先，自省要有边界。无边无际的自省是灾难，将事情不分外在环境和内在局限、大包大揽地自省和自责，伤害的不仅仅是自己，还有其他怀有善意的人们。

其次，自省不应放弃对外界的探索和占有。没有对外在的强烈好奇和赞美，再深刻的自省都是虚妄，都掩盖不住内心的荒芜。

最后，自省不过是一种反思和梳理的方法，切勿将方法变成目的。自省一旦成为目的，为自省而自省，那就是一种自恋，极有可能走向自我神圣化的不归路——中国有太多这种妄图"内圣外王"的怂包式妄想狂。

罗素有一个忠告：一个人感兴趣的事情越多，快乐的机会也越多，而受命运摆布的可能性便愈少，因为他若不能享受某一种快乐，还可享受另一种。我们都有内省癖的倾向，眼前无数有趣的事物不去欣赏，目光投向一无所有的内心；可是切勿以为，在内省癖的不快乐里有什么伟大之处。

论逆袭

一个化学老师，五十岁生日那天得知自己患了肺癌晚期，余下的日子从此屈指可数。为养活一个瘫痪的儿子和一个在家写小说却从不拿小说示人的妻子，教学之余还要兼职帮人洗车，在洗车的客户中，常常就有自己课堂上的学生，人生的委屈与耻辱可以说莫此为甚。当癌症宣判书下达的时候，他顿悟了，决心用平生所学去战胜命运，于是，他变成一个超级毒枭。这是美剧《致命毒师》故事的开始。

相对于前半生的灰暗平庸、逆来顺受，这屈指可数的余生简直称得上惊险刺激、气势如虹。可是人们不禁要问，在此之前，亲爱的怀特先生，您早干嘛去了？

当生活得过且过的时候，人总是善于给自己找各种借口，这些借口足以消泯一个人年轻时妄图征服世界的雄心。世界上多数人恐怕都是这么过来的，当他们复盘往事的时候，完全不明白是怎么回事，到底是哪个环节让自己从此一溜下坡、一败涂地？可以说每个环节都是合理的选择，没有对错，人就是在某种生活惯性的驱使下，一天天得过且过地走下来。每一天都不觉得失去了什么，但回头再看时，却惨不忍睹。终于，他承认了，没有哪怕一天过的是自己想要的生活，没有为坚持自己的理想去做任何可能的事情。

谈到理想，人们总是会说，啊，我早晚要去做那件事，不早也不晚的，现在还不是时候，但那早晚会来的一天，却始终没有到来。终于死神都忍不住了，下达最后通牒：倒计时开始了，你丫到底干还是不干！

即便作为文科生，没兴趣读《钢铁是怎样炼成的》这种"炼钢"专业教科书，也知道那段"炼钢"紧要关隘的口诀："人的一生应该这样度过……"你看，人的一生应该怎样度过，这样的问题往往都是在弥留之际人们才会花时间想一想的。

提前规划好的人生不是不存在，只是多少会让人觉得无趣，这就是为什么《罗马假日》里的公主会逃跑。同样地，也不是什么人都可以提前规划人生，一个穷屌丝的命运只能是走一步看一步，高富帅白富美则不必为此忧虑，他们有的是资源和时间，可以在任何可能的地方从从容容对人生草图任意涂抹。这也是为什么逃跑的往往是公主，而不可能是屌丝。屌丝无路可走，不搬砖就没饭吃，想吃饭就得去搬砖，其间再也腾不出一只手。这是充分条件过剩和必要条件稀有的矛盾。

相对于公主的逃跑，人们更喜欢看屌丝的逆袭。逃跑只不过是在各种充分条件过剩下的"小赌怡情"，逆袭则是没有任何必要条件下的"豪赌"；当一件底裤都不剩的时候，弄不好就会樯橹灰飞烟灭，这里面有绝地大反击、不成功便成仁的大起大落在里面，正是围观者最喜欢的节目。

所谓逆袭，也不过是要做无望的最后一搏，是对拖延日久一直未有达成的生活愿望的暴烈补偿。人生的快意莫过于此，可如果我们不拖延，不被生活的惯性拖垮，我们是不是就不必在生命倒数的时候再想到人生的狗屁意义？

人生的拖延症，往好里说，是对人生意义的犹疑不决。这种犹疑固然值得尊敬和重视，但若没有自我抉择的那一天，也许真的只有死神代替你做决定了。面对死神的时候，很多人其实是没有机会逆袭的，甚至是一丝一毫类似的想法都不会有。从这个意义上说，逆袭更像是一种传说。

威斯敏斯特大教堂的碑文

英国威斯敏斯特大教堂，据说有这样一段碑文：

当我年轻时我梦想改变世界；当我成熟后，我发现我不能改变世界，我将目光缩短，决定只改变我的国家；当我进入暮年，我发现我不能改变国家，我的最后愿望仅仅是改变一下家庭，但这也不可能。当行将就木，我突然意识到：如果一开始我仅仅去改变自己，我可能改变家庭、国家，甚至世界。

中国也有一句名言：一屋不扫，何以扫天下？

两段话在内涵上有交集，这个交集点明了修习自身的重要性：要想改变世界，先要改变自己；要想使天下变得清洁，至少先要把自己的房间打扫干净。

但是我仍然赞赏"大丈夫处世，当扫天下，安事一屋"的年少轻狂，也认为一个人的成长，不可能也不应该省略威斯敏斯特大教堂碑文中所描述的认识过程；而且我可以大胆提出一个反命题：如果一个人从一开始就认识到要改变自己，那很有可能到最后仍旧什么都改变不了。

世界难以改变，无论出发点是从改变世界开始，还是从改变自身开始，结果都是一样的：世界如其所是，任何人都无能为力。所以我认为威斯敏斯特大教堂的那段碑文，其含义并非简单地告诫人们要想改变世界先要改变自己，其真正的内涵是说：人的一生就应该这样度过，在年轻的时候妄想改变世界，在不断的挫折与失败中，收获丰厚的人生阅历，进而提升自己的认识，从世界，到国家，到家庭，到自身，不断缩小，认识到世界的可畏，人类的渺小，以及上帝的不言自明。

但人生不可能将弯路取直，即便是从一开始就先改变自己，也并非一条捷径，它会有不一样的弯路在等着你。就好比两种类型的小说家，有一种一下笔就是大时代大视野的全景描摹；有一种则是从个人的卧室写起，逐渐写到客厅，写到街道，写到城市，写到世界。说殊途同归也可以，说相向而行也可以，他们各自从起点到达对方的起点，路上的风景都没有错过。

人不论怎样去生活，无论从一开始是要扫天下，还是要扫自己的房间，到最后，决定你人生价值的，不是你最后得到什么，而是你的生命中，曾经经历过什么、经历过多少。世界是一个小径分岔的花园，有东南西北四个门，从哪个门进入，从哪个门出来，都是可以选择的；重要的是，不要遗漏掉园中本该看到的风景。

青春是一种恶趣味

青春是充满嫉妒、猜疑、仇恨、尴尬和不堪的。青春是生命到达一个阶段之后各种痛苦矛盾的聚合裂变和大爆炸。

青春是人生中最关键的一次内分泌，弄不好就会失调：一次失调，贻误终生，就算后半生喝再多心灵鸡汤、打再多次金山夜话都弥补不回来。

它是一次性的、不可逆的，是每个人都会生的一场病。

青春是有高下之分、有优劣之别的，青春是有阶级属性、有长短不同的，青春是有成败的，青春无悔的面具之下是别有幽愁暗恨生的。

青春是不公平的。每个人的青春若有什么共同点，那就是它终将会消失。要说公平，大概也只有这一点最公平。但在逝去之后，凡是值得回味的青春都是五彩斑斓、光彩夺目的；如果浑浑噩噩、毫无亮点，或者一念之差天堂入地狱的，那还要回味吗？恨不能一切归零，回炉再造，人生重启。所以到头来仍旧不公平。

所以青春并不值得珍惜，就算你再珍惜，失去之后还是会后悔莫及；青春也没有什么可挥霍的，就算你再挥霍，也不过是有限的力比多。青春并不太值得去过，那不过是一段时间而已，和少年中年老年的时间能有什么本质的区别？时空无限人生有尽，当我们看到天狼星时，已觉太阳渺小到无以复加，而在天狼星之上，又不知道有多么巨大的天体。人生如此短暂渺小，青春又有什么重要？

但青春仍旧是值得悔恨的，青春总是别人的好，自己的永远乏善可陈。青春的躁动，无非是因为生活在别处，因为太关注自我而又在肉体里将自我驱逐。无论是旅行、看书、看电影、听音乐，还是恋爱、跳槽、出国、易容甚至变性，都不过是为了驱逐自我，接纳别人，以为从此功德圆满佛光普照；但当韶光逝去，还是这样地不满足，那样地有缺憾，既不爱自己，也得不到别人的爱。怎样硬塞进自己躯壳的东西，还要怎样再原原本本倾倒出来。而原本的自我呢？在爪哇国，在火星，还是就在自己身后却没有勇气反身去看？

所以我喜欢日本人对待青春的态度。看到樱花烂漫大好春光，万物勃发时代奋进，一切欣欣向荣，区区自己又何足道哉，何不在此年华一死了之？青春是一个瞬间的极致之美，而深植于日本人潜意识中"物哀"的审美观和生死观在此重合；青春期的自杀现象与其说是因为人生的苦闷，不如说是一种人生的乐趣。川端康成七十三岁时仍然选择自杀，并非因为对老去的绝望，而是对漫长青春的厌倦。

这个世界上最吊诡的事情恰恰在于，没有青春的人总在追忆青春，青春黯淡中年发福的人又企图虚构青春，为它涂脂抹粉、添油加醋，加上各种滤镜——这可怜的自恋和自卑，到底是如何支撑起他们空虚却又坚硬的躯壳的呢？

有人说怀念青春是一种恶趣味。我要说的是：青春本身就是一种恶趣味。

乱用词

乱用词是小孩儿的专利。

小孩子到四五岁，就会特别注意大人说话和用词，会记住，然后在某个场合冷不丁抛出来。他们并不真懂那些词的意思，往往会造成很奇怪的效果，有时让人捧腹，有时又惹人深思。很多有孩子的家庭都会有这种经历，千万不要觉得自己的孩子有什么语言天赋，都差不多，不过是不自觉的乱用词而已。

有的大人会很耐心地记住孩子们每句好玩的话，我却没这种耐心，也没那么好的记性，所以在写本文时，本想以一个孩子绝妙的乱用词来开头，竟不可得。

孩子乱用词，对大人是乐子；成年人乱用词，结果会怎样？

不要以为成年人就不会乱用词，即便现代汉语专家，大脑也有短路的时候，再加上情商不稳定、地球磁场紊乱等原因，因为乱用词而闹出尴尬事的几率还是很高的。

就不举别人为例了，我本人就是个脑子经常秀逗的人。前阵子微博上看到有个女性朋友自曝了一句：我是不是也该成家了？我便贱贱地回了句：这么说你终于要出柜啦？哗——我以为接下来会被各种吐槽或者虚拟的耳光搧晕，谁知什么都没发生，对方只默默把那条微博删除了事。发生了什么？百思不得其解啊。

几天后，有朋友私信我一句："你不厚道啊，明知人家是那个。"我心想我哪儿不厚道了？"那个"又是哪个？出于某种心理，我没有回信问个明白，但有一点是对的：我肯定做错了什么。于是在某个空气清新、脑袋一片空明的早晨，当很多人还没起床的时候，我悄悄打开百度，搜了一下"出柜"这个词……

同学们，我发誓，并非我无知，好多年前本人就知道这词的真实内涵了，绝对是最近水逆的缘故，不然绝不会白痴地认为"出柜"就是告别单身的意思！

但这还不算最离谱的，话说当年我刚和老婆认识不久，第一次电话约会，人家就当场翻脸，挂掉电话足有一个月没再联系。那一个月内我都郁闷得不行，想不通啊，不过是约出来吃个饭而已，还不是单约，有好多朋友，何至于翻脸呢？

许多年后问起这事儿，没想到老婆记忆还很深刻，说我在电话里十足一个小流氓。我很气愤地问怎么就小流氓了？老婆说：

"你不记得当时说什么了？你说要约人家出来玩玩，谁他妈和你玩啊，玩你自己去吧，臭流氓！"

——慢着，"玩玩"怎么了？"玩玩"不就是玩吗，就是做游戏啊，跳房子捉迷藏丢沙包木头人，小时候放学后不都这么说吗？隔着墙头喊：某某某，出来玩玩吧！

同志们，难道"玩玩"还有别的意思吗？

老婆一锤定音："乱用词，没你脑子这么乱的！"

一位来自福建的朋友说，乱，在他们老家是当副词用，相当于"很"。比如说：乱爱，就是很爱的意思；爱得很乱，就是爱得很厉害。那"乱用词"呢，是不是指用词用得很给力？

当你在穿山越岭的另一边

失眠是一种病，而且是一种精神病。

这是我将要写作的一本名为《失眠学》的专著里开宗明义第一句话。没错，聪明的你已经发现了：失眠不仅仅是一种病，还是一种学问。

那你也许要说：我呸，你个神经病！

——对，当我写完第一句的时候，我就是这么吐槽我自己的。

——于是，显而易见地，谁都可以看出：作者这人精神分裂了；而精神分裂无疑就是精神病，从而又反过来证明，失眠确实是一种精神病。

——瞧，多么完美的循环！我赢了。

（请注意以上破折号的使用，对于一个严重的失眠症患者来说，其中大有内幕，很可怕，不细说。）

失眠到底痛苦，还是不痛苦，这要具体问题具体分析。有些人毫无疑问是痛苦的，他们将失眠看作是压力大的表现，然后用压力和失眠之间的循环论证来让自己更痛苦；有些人会超脱一点，这些人号称"死理性派"，他们因为掌握了理性的武器，就像"科学教"的方舟子一样，虽然依旧睡不着，却永远认为自己是胜利者；当然，更有一些人就很变态了，他们以失眠为乐，他们绝不和失眠较劲，睡不着就不睡，有一千种一万种方式可以度过失眠的夜晚，饮酒、聊天、打牌、观摩情趣电影，等等等等。

我曾在微博上做过一项关于失眠行为分析的调查。这个调查只是提出一个问题：失眠的时候你会频繁去洗手间吗？跟帖中有很多人的回答是肯定的，也有少数人回答否定，否定的原因有很多，其中最关键的一条是，为了不失眠，睡前三个小时不喝水，但这样做的副作用是，因为口干舌燥，他们更睡不着。失眠就是这样，你不去马桶边，就得去饮水机旁边。

对于从不失眠的人来说——你可以充分怀疑世界上到底有没有这种人以及这些人到底是不是人类——失眠是陌生化的，是永远无法理解的事情，是世俗人可望不可即的魔域桃源，是爱丽丝想要漫游的神秘奇境。

我就曾经碰到过这样一个从不失眠的贱人，向我询问怎样才能失眠。虽然我知道失眠有时候也要看个人的造化，但也不是一点方便法门没有，故本着治病救人的目的，为他总结了一个简单易行的步骤。这个步骤之所以简单易行，在于它不需要"生活压力"、"心事重重"之类的自我暗示。没心没肺的读者诸君如有意，也不妨尝试一下。

首先，起夜是失眠的第一步。所谓起夜，就是去洗手间。如果你不常起夜，那么建议睡前多喝水，能喝多少喝多少。当你在起夜间隙偶尔开始思考人生的时候，那么恭喜你，你离成功不远了。

接下来可以尝试做些专题思考练习。比如："一个人究竟需要隐藏多少秘密，才能巧妙地度过一生"，以及"一想起一生中后悔的事，梅花便落满了南山"之类，不一而足。比如你是韩寒，不妨想想，《三重门》到底是不是我写的？比如你是方舟子，不妨想想，为什么那些公知会如此仇恨我？比如你是司马南，是王丽娟护士长，是薄……

一段时间之后，那个想要失眠的朋友不再和我联系。某天深夜，我正辗转反侧之际看到他写的一条微博："当你在穿山越岭的另一边，我在失眠的路上没有尽头……"

反正都是睡不着，闲着也是闲着，不妨调侃他一句："怎么了兄弟，难道你也被不加 V 小姐曝光了聊天记录？"

老无所依的喜剧

有个朋友是发烧友。发烧友这个词一般会在前面有个定语，比如音乐发烧友、电影发烧友、烧烤发烧友、火车机车发烧友等等。但这个朋友根本不需要定语，他随时会成为某种发烧友。前几天，他处在无损音乐发烧友状态，告诉我他听着汪峰的《春天里》，非常地"内牛满面"。自从十几年前南方某报那次著名的"内牛满面"之后，我就觉得这四个字越来越有喜剧色彩。

话说汪峰真是个不长进的文艺青年，那歌词写得难道不叫一个肉麻？身为一个成功的商业小歌手，假装担心有天自己会老无所依，这种歌我实在听不下去。我对现在已经剪去长发拥有信用卡拥有情人节拥有二十四小时热水的家的汪峰同学的明天一直充满信心：小汪，放心，你不会老无所依的，你的明天会更美好，你会有更多的信用卡，更多的情人节和更多二十四小时热水的家。

我没有"二十四小时热水的家",但好歹有了个家,只是家里的热水设备还没学会熟练使用。这房子是燃气热水,不好意思,第一次使用,完全不得要领。房屋交接时没有向前任主人仔细讨教,非常生手,不是烫死就是冷死;内事不决问百度,百度说这是燃气热水通病,没办法了,凑合着吧。没有二十四小时热水的家就是会有烦恼啊,要不然,我是不是也要担心一下未来呢,"假如有一天,我老无所依,请将我埋葬在这春天里?"不行,假如有一天,我有了二十四小时热水的家,就请让我老死在这二十四小时热水的浸泡中吧。

　　人生的确有许多假如,有些假如会慢慢实现,有些假如会永远是假如;有些假如只是随口一说,并未真的想那样,有些假如经不住你随口一说,没想那样但却真就那样了。所以,我们有时候最好避免去说假如,你不确定你在哪次说假如的时候,会是一次"乌鸦嘴"。

　　也有很多事情,你没有想过假如,因为你知道自己从潜意识里就是个乌鸦嘴,所以竭力遏制去想那些假如,但事情并不因为你没有想就不会变成那个样子。其实,这也是一种很隐形的假如。比如,你根本没有想过"假如有一天,你来到北京",但你还是来北京了;你根本没有想过要在这个可怕的城市里置业,结果你还是在这里买了房子。你不去假如,假如也会如期而至,并且一来就是真格的——做一个没有工作的房奴，真的是一件很销魂的事。

有时候不免也会对未来充满忧虑，想到"假如有一天，我老无所依"之类。关于最后归宿这样的想法，以前有过。当年在济南买房子的时候，就想我会老死在这里，一动也不动；就想他妈的，以后再也不用租房子了，再也不用和那些见鬼去的房东们打交道了。从那之后，还真的过了一段装模作样的日子，养养花，爬爬山，时常跪在地板上，耐心细致地打着蜡。在为地板打蜡的时候，我绝不会想到，我会离开那里。结果来到北京，又为租房和三个中介、一个房东打过交道。现在，我不再认为我将来不会再租房子了，也不再认为我将在这里永远住下去。

今天，在地铁里，突然想起，济南巴掌大的地方，有一处名胜，至今都未涉足，就是趵突泉，难不成我要像个旅游者那样，回去看一下那三股水到底长什么样？在济南生活了十几年，是生命中最美好的一段，十九岁到三十岁。离开济南，等于是抛弃了那段青葱岁月，到北京来过我的中年，还真是有点凄惶。等把中年过完，就把它扔在这里算球，中年有什么可留恋的？

如果生活就是不可思议，那就一定有更多不可思议的地方在接下来的时间里等我。

管他呢！

冷面旅程

你和你的女朋友策划了很久的一次旅行，终于到了实现的那一天。不得不实现了，再不实现就该分手了。

分别请好年假，头一天晚上，你们高高兴兴地收拾着东西，只等第二天一早赶早班飞机飞向目的地。多么完美的计划，多么着迷的旅程。只等第二天一早的来临，兴奋啊，得意啊，以至于睡不着觉；强迫自己睡，强迫对方睡，折腾到最后，终于都睡着了，睡得可真香，真美，真甜，睡得都不想再醒来，似乎在睡梦中有比现实更美好的一趟旅程。

结果怎样呢？睁开眼，天光大亮，看看表，距离飞机起飞还有一个小时。而你们还要洗漱，还要早餐，还要打车，路上还要拥堵，还要不断刷新航班信息，希望飞机晚点；还要吵闹，还要指责，相互生着闷气。

巴厘岛啊，大堡礁啊，马尔代夫啊，不管是多么美好的地方，都突然变得索然寡味，像一个美丽然而却充满恶意的诅咒。从东直门到第三航站楼的拥堵中，所有美好的计划都突然钙化，风干，变成石灰碎块，脱落，像 PM2.5 一样飞扬在空气中，进入你的肺，你的血液，你的大脑。你开始变得郁结，胸闷，甚至有大便的感觉。恭喜你，负能量已经注满你的身体，美好的旅程将从此变得抑郁，烦闷，丑陋。

　　怎么，你不相信吗？好，咱们接着往下看。你终于到了机场，多么幸运，飞机真的晚点了，你没有错过，无须改签；但你又多么不幸，因为飞机起飞的时间仍然遥遥无期。

　　你从上午等到下午，一开始还企图把双方从不祥的开端中挽救出来，但漫长而无望的等待又把这企图打碎，肚子也饿得咕咕叫。

　　为了避免再次拌嘴，你们分别去寻找食物，你看着女友进了必胜客，你便恨恨地扭过头偏要点一份朝鲜烤冷面，吃个肚儿圆。

　　总该缓解一下了吧，偏不，飞机倒是起飞了，可你肚子又不舒服起来。不，绝不是朝鲜烤冷面不卫生，导致你拉肚子，反而是那冷面像一团乱纸一样卡在你的胃里，一点也不消化，硬硬的，冷冷的。是不是该向空姐要杯热水？热水来了，一杯又一杯，但冷面兀自冥顽不化。

十几个小时的飞行之后，降落到美丽的目的地。这是哪儿呢？管他是哪儿，你已经丝毫没有心情，因为你的胃里还有一团冷面没有化。

未来一周的时间里，你将出海，钓鱼，潜水，篝火晚会，高级派对，你将吃海鲜，喝各种酒和千奇百怪的饮品，你还要晒太阳，马杀鸡（massage 音译，按摩、桑拿），可是你却全然没有心情，因为每一天，每一天，你都感觉那团冷面，依旧积压在你的胃里。你喜欢还是不喜欢，它就在你胃里，不离亦不去，不悲亦不喜。

一份冷面就这样把你变成一个孤独的冷面旅客，对谁都是一副爱搭不理的表情。它就这么卡着你，折磨你，膈应你，让你全无兴趣，挠墙撞头。直到旅程结束，飞机降落，你意绪索然，徒劳地等待它的消失。也许就在下一瞬间吧，但也许永远都在你的胃里。

你百思不得其解的是，当初在机场，你吃的真是一份烤冷面吗？还是生活中那挥之不去、说不清道不明的一片令人不安又恶心的阴影？

世界上那些神经病妻子

多年以后，因为普拉斯的自杀而被舆论普遍谴责的特德·休斯写下一首诗。在这首名为《城市》的诗里，他把西尔维娅·普拉斯的诗歌比喻为一座城市的市中心，在这个市中心的旅店里，挤满了学者、牧师和朝圣者，用中国话来说，他们都是靠"吃"普拉斯讨生活的人。

> 有时我驱车穿过，我发现只有我一个人，慢慢地开着
> 车，仅仅是在我自身的黑暗中溜达，回想着你所做的事情。
> 我几乎总能一眼瞥见你——在某个十字路口，迷惑地盯着上
> 空，六十多岁……

普拉斯成为二十世纪的诗歌女神，死亡艺术的发明者和实践者，女权运动的精神偶像，而特德·休斯，虽然诗歌成就远远高于普拉斯，是英国的桂冠诗人，却难逃世俗观念对一个丈夫的指

责。人们可以欣赏一个妻子"先锋"式的胡闹，却不给予一个丈夫同样的权利；世俗者必须在对同一件事情的意淫上同时得到两方面的满足：一，对普拉斯式"高峰生命体验"的膜拜——即使是装模作样的——这是一种超脱感的满足；二，卫道士的道德感的大宣泄。

因为是丈夫，是男人，所以没有人会去认真对待休斯在这种婚姻中的痛苦。世界上有许多神经病女人，也就是所谓的天赋异禀的女作家、女诗人、女画家、女行为艺术家，常常把世俗生活搞得一团糟，在家庭内部制造精神恐怖，让别的无辜的人生活在她的精神低气压中，她的一切过激行为都是有理由的。因为她是神经病，并且是可以迸发惊人才华的神经病，别人就必须忍受，心甘情愿地成为这惊人才华的祭品。

甚至可以近乎无耻又神圣地说，假如休斯没有遇到普拉斯，没有因为第一次见面就被普拉斯狠狠咬一口，也就不会有今天的桂冠诗人休斯，是普拉斯将自己"伟大的痛苦"无私地分享给了这个不知痛苦为何物、人生平坦顺畅毫无起伏的小白脸，所以他休斯才有机会在几十年后，写下这样不可磨灭的诗句："而后你看见我在车中，望着你。我知道你在想：我应该认识他吗？我知道你在皱眉我知道你在努力，去回忆——或者努力去忘记。"那么，休斯真的应该要感谢普拉斯的馈赠吗？

如果真是那样，威尔伯在《村舍街，1953》里婆婆妈妈的叙述则真的是无聊又白痴了。这位忠厚的诗人，在下午茶无聊的时光里，在自家的客厅里，以一位活到高龄的老太太对人生乐观的认识，奉劝刚刚自杀未遂的普拉斯，好像他真的以为他的劝诫会有作用。威尔伯在这里无意中扮演了一个无聊又白痴的"世俗者"角色。

　　我觉得，在可怕的婚姻生活面前，我们无法置身事外地奢谈艺术价值；没有人有资格强迫别人同意可以艺术之名去毁灭生活，将家人、亲属、子女作为艺术的祭品奉献给她自己的撒旦。想想那些可怕的神经病妻子们吧，那些被所谓艺术搞乱了价值观的文艺女青年，是非不分，好坏不论，不近人情，不通事理，把自己的崩溃当作全人类的末日……

　　听说伍尔夫的丈夫不是从事艺术的，是个有钱人，我真的很想听听他的真实想法，谁有这方面的资料，可以提供给我。我想知道，在这些女人的一生中，在艺术和生活之间，有多少时间，她们的立场是站在生活这边的。

婚姻里的丛林法则

在前一篇文章《世界上那些神经病妻子》中，我主要表达了对历史上一些伟大女人背后的男人的同情。有意思的是，文章发表后，颇在坊间起了一些议论，有热情的读者，特别是女读者分别以来信来函回帖发短信递悄悄话等形式前来讨论。

有一位读者直言不讳："批评神经病也就罢了，不用上升到男女对立的高度吧。男艺术家也多的是疯子，背后照样有一个或若干牺牲奉献的女人，一样的！"这是从男女平等的角度发表的意见。另一个读者则站在更高的高度上说："不管干啥的，总要有几个神经病的。"也有读者提出了更为虚无主义的观点："艺术、神经病、婚姻，要找到他们的逻辑关系似乎很徒劳，我以为……"

只有少数读者是部分支持我的观点的，她以身边事例现身说法："我的大表哥不听话，争斗中被我表嫂毅然切掉他右手小指。"不过这位读者得出的结论颇让人惊诧莫名："这大多有点逼上梁山的劲，不过，一次以后人们往往会体会到暴烈行为带来的快感……"

我认为以下两位读者的观点最有价值，她们或许认为我对女性有些有意或无意的冒犯——尤其是文章中提到的两位：西尔维娅·普拉斯和伍尔夫——因此特意从这两位艺术家为出发点进行质疑和辩护。

第一位读者首先回答了我有关伍尔夫丈夫的疑问，她说："伍尔夫的丈夫也是一位小说家，虽然没有他妻子有名，但并非富翁。"然后开始对我文章的质疑："你的日记过于激烈，我想象我能理解你对休斯的理解，但我很不赞同你因此形成的对普拉斯的看法。退一万步讲，如果妻子果真是神经病，那就是最值得同情与爱护的，而不是相反……伍尔夫的丈夫在妻子精神状态极其糟糕的情况下，曾做过最大的努力帮助她免于濒临崩溃，比如，买来印刷机，和伍尔夫一起印刷自己的作品，借以缓解伍尔夫的自闭和精神焦虑。"

第二位读者则从女性本身自有的困境来探讨这个问题。"女性作者把自己的生活搞得一塌糊涂，这是一个普遍现象，创作不能改变血型，但可能改变其他物质。我是宁愿相信这是物质的化学生物的衍生异化造成的，而不仅仅是艺术改变人生……还有，婚姻生活是可怕的，搞创作的女性能通过文字或其他艺术形式表达出来，而更多的在毁灭中生活的女性，她们没有文字没有艺术这种武器，所以，女作家、女诗人、女艺术家，一旦过得颠三倒四，她们就活在世人的眼中，而更多的相类的女性则沉入永久的黑暗。"然后她又征引了著名公共知识分子崔卫平的观点，说"男性总是站在勇敢者的角色上，确实容易让人忽略他们的'被虐待'，男人与女人终究不能完全读懂，所以，可能还是需要男人自己发声，主动形成沟通"。

最后她提到了另外一位女作家卡森·麦克勒斯。她说："我也严重同情她的丈夫，可是掌声还是得献给麦克勒斯。婚姻就是战争，成者为王败者为寇，放之四海而皆准……"

看吧，这最后一句话，倒是极度坦率地承认了，在婚姻中真实存在的"丛林法则"。

我觉得，这是我那篇文章所能得出的一个最有价值的回声。

我还能怎么回应呢？

——"好吧，那就战场上见了！"

尼采论艺术家们的妻子如何毁掉男人

尼采说："如果男人无福消受某个女子，他就会迷恋于她。女人是天生的偶像崇拜者，她会毁了她的偶像——夫君。"在说出这段精辟的见解之前，他还讲了一个故事。

德国著名作曲家瓦格纳娶了另外一个著名的作曲家李斯特的女儿科西玛为妻。婚后不久，瓦格纳创作了歌剧《帕西发尔》，被普遍认为是一出失败之作，尼采更是认为这部歌剧"从一开始就显示出他的审美趣味在下降"——因为"他极力迎合他的妻子即李斯特女儿的天主教本能，以此表明他对科西玛的恭顺与感激之情。这个软弱、复杂、受苦受难的男子对一个心胸狭窄、懂得保护与鼓励他的女强人卑躬屈膝"。

尼采说："科西玛·瓦格纳是我所结识的唯一的伟大女性，可是我发觉她戕害了瓦格纳。这是怎么回事？瓦格纳消受不了这种女人，出于感恩他迷恋于科西玛。"尼采又说："归根结底，这是男性在'永恒的女性'面前永恒的怯懦。"尼采于是发问："迄今为止，所有伟大的艺术家是否都被崇拜他们的女人毁掉了呢？"然后他自己回答道："如果这些穷极无聊、爱慕虚荣的好色之徒（他们可以说是一丘之貉）首次在最近处观赏这些具有最高尚和最卑鄙的欲望的女人所从事的偶像崇拜，那么这些男人就会全线溃退：他们身上仅存的最后一点批判精神、自我蔑视、谦虚和在伟大事物面前的相形见绌之感都消失殆尽，从此他们就自甘堕落了。这些艺术家在他们个人发展的最苦涩和最强盛的时期完全有理由蔑视所有的追随者，可是他们却沉默不语，不可避免地成了才女们初恋的牺牲品。（说得更确切一些，这些才女完全懂得运用她们的聪明才智来影响这类艺术家的个性，她们'理解'他们的苦难，'爱'他们。）"

就伟大的女性来说，菲茨杰拉德的妻子泽尔达和科西玛相比较，恐怕也毫不逊色吧。泽尔达也是货真价实的才女，艺术家，社交名媛，二十世纪文化艺术家中最光彩夺目的一位"妻子"。她的可悲之处可能恰恰在于，当时的人们都一致认为是她毁掉了本可以有更大成就的菲茨杰拉德。

但事实究竟怎样，外人又如何晓得全部？我想，至少菲茨杰拉德不会这么认为吧。而菲茨杰拉德对泽尔达是否属于"无福消受"的迷恋，是否出于"感恩"极力迎合于她？是否和瓦格纳一样是一个"软弱、复杂、受苦受难的男子"？菲茨杰拉德和泽尔达是否属于没有抵挡住一个崇拜者猛烈的追击，不忍心去"蔑视"她们，选择"沉默不语"的默认，心甘情愿落进圈套，并一切听起安排？如果一切答案都是肯定，那么菲茨杰拉德也许被骂一句"活该"就算了；如果是否定，我们也许就要怀疑："批判精神、自我蔑视、谦虚和在伟大事物面前的相形见绌之感"，这些东西在他写完《了不起的盖茨比》和《夜色温柔》之后是不是还依旧存在？

　　我还是赞成婚姻是一场丛林法则的战争，菲茨杰拉德只是象征性地抵抗了一下就败下阵来的，他的命运就是这么决定了的；而特德·休斯的强大之处在于，他在和普拉斯的战争中，始终立于不败之地，最终他赢得了战争，获得了诗歌的王冠，但却也终生生活在咒怨般的普拉斯阴影中。

如何与时间相处

过年，如果剥离掉民俗文化的外衣，它不过也就是个时间节点吧，顶多是一个比较重要的时间节点而已。也许只有在这样的日子，人们才会比平时更加深刻感受到时间的存在。这一秒与下一秒的差异似乎都有了重要的意义，特别需要用心去感受。特别想在那一刻做点什么，既像是弥补，又像是不甘。人类对时间总是有着近乎孩子气的情绪，或伤感，或焦虑，或恐惧，很少有为时光的流逝感到快乐的。

由此我就想到一个特别有意思的问题：人到底应该如何与时间相处。

前不久，我参加了知名微信公众号"读首诗再睡觉"在北京的一个活动，恰好和时间有关，叫做"赴壑蛇的秘密"。"赴壑蛇"的典故来自苏轼的《守岁》："欲知垂尽岁，有似赴壑蛇。修鳞半已没，去意谁能遮？况欲系其尾，虽勤知奈何！"一年光阴走到尽头，就像那将要奔赴沟壑去冬眠的蛇，是谁都挡不住的，即便妄图抓住它的尾巴也不能。

在讨论中，我提出一个观点，叫做人与时间相处的三种方式：第一种，与时间对抗；第二种，被时间征服；第三种，与时间讲和。第二种最好理解，那就是完全放弃抵抗，任由时间的流水把自己冲向任意地方，完全被动地被时间安排，被时间杀死；第一种，与时间对抗，在焦虑与伤感，恐慌与决绝中和时间搏斗，妄图在时间之外留下一些永恒的东西；第三种，与时间和解，以一种从容的态度，与时间共振，忘却它的存在，"行到水穷处，坐看云起时"，饱食遨游，逍遥自在。绝大多数人都是被时间被动安排的；与时间对抗的人多数都痛苦，但成就也巨大，可以称之为英雄；而与时间讲和的人，是人间的隐士，是懂得享受现世的智者。

其实每个人对时间的态度，都有一个从认识到怀疑的过程。恐惧或无畏，反抗或顺从，紧张或松弛，一个人如何和时间相处，决定了他生命的质量。无论是对抗还是讲和，都需要足够的智慧。

波兰女诗人辛波斯卡指出："为何我们以这么多不必要的恐惧与忧伤，对待飞逝的时光？日子不会驻留，这是它的天性：今天一再逝去，成为明天。"博尔赫斯也说，时间的数字变化，不过是人类自创的象征把戏，是把一个行将结束和另一个迅即开始的时期融会在一起的无谓比喻，"尽管我们都是赫拉克利特河水中的水滴，我们的身上总保留有某种静止不变的东西。"

两位诗人对时间本质的揭示对我们是一种安慰，不过这种揭示仍然没有跳出时间的范畴。如果我们承认时间是牢笼，那这个牢笼有没有可能最终破碎？

诺贝尔奖获得者理查德·费曼有一个著名的猜想：宇宙从大爆炸那一刻开始，本来就只有一个电子，它从大爆炸开始在时间轴上正向前进，直到宇宙末日又掉头在时间里逆行，无休止循环；我们人类和万事万物，都不过是这个电子正行逆行数次的分身……

根据这个猜想推导下去，是不是说人在时间流中的每一个切片都是永恒的，但同时也是速朽的？如果从这个角度再看时间与人的关系，还有什么问题吗？好像没有了，但又好像问题更多了……

薄荷糖与丑鱼

　　不到青春已逝，不会觉得青春是件奢侈品；不到后悔的年纪，不会去想当年究竟把青春献给谁。人生最怕遇到背叛和抛弃，但比背叛和抛弃更可怕的是自毁。

　　李沧东早年有一部电影，采用倒叙的手法，一段段讲述一个想要卧轨自杀的人的故事。火车碾过他，逆着时光的铁轨向前开，一站一站停留，他的形象由一个堕落的中年人逐渐变回一个美好的青年，面目由邪恶可憎一步步变回青涩可爱，到最后，回到那个起点，就在那个自杀的地方，连他自己都没意识到的是，这一切竟是源于一段野雏菊般青涩的初恋，源于一颗清凉甜蜜的薄荷糖。

　　人们跟着那趟满载命运谜团的火车，一步步看到答案。他自杀是因为他破产了，他破产是因为他玩股票被人骗了，他玩股票是因为做生意来钱慢，他做生意是因为当警察挣不到钱，他当警察是因为从军队退役后别无选择，他参军是因为在韩国人人都要服兵役，而在服兵役之前，他喜欢过一个女孩。他的堕落则是从参军之后就开始了：在一次军事演习中，他无意中射杀了一个平民女孩；复员后，在一个偏僻的警察局上班，每天的工作就是折磨犯人，只有把犯人折磨得更狠，才能愈加得到上司的信任和同事的尊敬。但这同时，残存的良知又加深了他内心的自卑与决绝。当象征着自己当年的良知、理想与美好的女孩再次来找他的时候，他冷酷甚至邪恶地拒绝了她，从此走上命运的不归路。

所以，人们最害怕的其实也不是自毁，而是看到命运。这个女孩，就是他的命运，代表他一生不可能实现的梦想。

美国有一个诗人，叫霍华德·奈莫洛夫，写过一首叫做《鮟鱇鱼》的诗。鮟鱇鱼，是世界上最丑的鱼之一，有兴趣的读者可以去百度一下，看看这种鱼到底有多丑多恶心。这首诗写的是，一对情侣在月光下的海滩上幽会时，被一条冲上沙滩的已经死去的鮟鱇鱼所注视。

"虽然已经死了，但那巨大的脑袋在龇牙微笑"，让这对情侣感到一种威胁，好像这个世界已经找到了他们。"那是一种咧开大嘴月牙一样的微笑，平静中透出那么一种色情……这微笑被当成一种定情信物，在他们突然的，全新和耻感的爱情被观察时，在他们接吻时……但这些都解释不了是什么笑话，让这条鱼笑得这么开心……"

这条丑陋的鮟鱇鱼就是命运，这对恋人的恼怒和悲哀就在于，当他们沉浸在甜蜜中的时候，命运的鬼脸就出现了，人生的虚幻就这样被一条死鱼来拆穿。

这对恋人要对一条死去的丑鱼实施暴力，似乎只有这样才能证明这一刻的世界是属于他们的；这就如同李沧东那个电影里，已经堕落的年轻人伸出淫亵的手去抚摸女招待的屁股，以此来羞辱面前那个象征自己命运的清纯少女。

所以，人生最可怕的不是遭遇背叛，也不是自毁，而是看到命运。

如何"收割"文艺范儿

文艺范儿和二逼犯之间，往往只有一个词的差距。如果你想毁掉文艺范儿的装逼劲儿，就尽可能地抓住那个文艺十足的核心词汇，然后秋风扫落叶般地毁掉它，让它站到二逼犯的队伍中，永世不能抬头。

其实要毁掉一个词并不难，只要有合适的机缘，通过某个媒介实现了病毒式的传播，那个词就离二逼不远了。

从文艺消费学的角度，每一个小清新或者大牛掰的词汇总是先由发明者在一个小众圈子里传播并引起共鸣，这个时候是它的黄金时代，文艺犯们个个以将之挂在嘴边为荣，而一旦它被大众接受，它的末日也就到了。

最近《董小姐》的命运似乎正如一只美洲羊驼，在这条没有草原只有草根的轨迹上脱缰狂奔，我们欣慰地看着它即将臭大街的远大前程，胸中升起无名又歹毒的快意，看吧，又一个小清新寿终正寝！而《赵小姐》早生快二十年，还是那么低调，少人问询，这样有多好。

闲话少说，那天当我看到某个星座专家也在其预言中号召某些星座男女抓紧去"收割"未来的时候，我又忍不住恶毒地大笑起来，终于啊终于，"收割"这个一贯高级又装逼的词，你也有今天。

农业文明的代表诗人海子极可能是最早重新发明并偏爱使用"收割"一词的诗人。他要收割麦子，就洗快镰刀；他要收割死亡，便朝铁轨俯下身体。收割这个动词，在他身上从一个普通得不能再普通的农业用语居然转化为一种近乎崇高的姿势，不能不说是诗人的魔术。

但这姿势在不断被沿用和模仿中，不知不觉地庸俗化为一种高级词语，热爱他的文艺犯们就会觉得，拽一句某某"收割"某某的句型，就像在蒂凡尼吃早餐一样高级。

对一个词频繁和过度的收割，是厌弃它的最好途径。"收割"首先被诗歌界的收割者们始乱终弃，沦落风尘，只好去民谣圈的歌词界跑江湖，于是有人唱出"我们最后一次收割对方，从此仇深似海"。

收割，就这样带着农业文明的原始和粗暴，裹挟着象征味道浓烈的诗意、不落到实处的含蓄以及不授人以柄的精明来到了歌词界。但它在歌词界的意思，说白了无非就是滚床单。那句歌词翻译过来就是：我们最后一次滚床单，从此结下梁子。

虽然我们不明白为什么滚床单之后要彼此仇深似海，但可以确认的是，从这里开始，你对这个词仇深似海的日子不远了。

回到开头，文艺范儿与二逼犯之间，只有一个词的差距；有时候你觉得它文艺，仅仅因为它没有被通俗直白可信地翻译过来，比如收割，它可以是滚床单，也可能是别的意思。

文艺范儿多数情况下就是不知所云范儿，就是想要力求表达准确却总是言不及义。柴徽因（柴静）老师前段时间被人吐槽时，人家偏爱使用的"抵达"一词，也终于被她自己毁掉。我们不妨做一个游戏，将柴老师偏爱的"抵达"换成"收割"看看。你可以说采访是一场抵达，也可以说采访是一种收割；劈柴是一种抵达，但说劈柴是一种收割也许更准确。

所有言不及义的高级词汇就像语言派对上的尖果儿，今儿这个没空或者被大家厌烦了，就邀请另一个。我们厌烦了抵达，就喜欢上收割；厌倦了收割，就直呼去滚床单。收割文艺范儿，就是抵达文艺范儿，也是毁掉文艺范儿，如此而已。

生活扔不完

　　购物有购物的快感，扔东西有扔东西的快感。

　　不知道各位有没有扔东西的习惯，我反正每隔一段时间都要扔一些东西，这还不算以前租房子住的时候。那时扔的东西更多，什么锅碗瓢盆，什么旧书杂志，有一回搬家，甚至将珍藏多年的两坛原浆高度酒送给搬家司机。心疼吗？一点也不，你应当理解那种轻松。

　　有固定住所之后，就更需要定时扔东西了，不然，你的生活空间迟早被那些买来的破烂挤满，令你艰于呼吸。但当你扔了一大堆东西，一大堆一大堆，屋里的冗余仍然不见少的时候，你就会对你的生活彻底产生怀疑。

　　看看我最近扔掉的破烂清单，就知道生活是一件多么无聊的事情了。那些东西，足足可以让你开一个杂货铺。你发现你吃饭根本用不了五个以上的碗和碟，也永远不会同时用到五个不同的锅；还有各种各样的雨伞太阳伞，基本每次路上遇雨都会买一把；各种背包挎包；各种大大小小不锈钢盆塑料盆；电视机你也早已不再打开，微波炉也很少使用，旧衣物和棉被足足整理出四个大编织袋，共计约五十公斤……

还好没有地下室。地下室这种东西绝对是为满足人类最无聊的囤积本能才设计出来的，用来存放那些没有丝毫用处却不愿扔掉仍想顽固占有的一切，那是人类欲望中最尾大不掉的部分。必须有这么一个垃圾填埋场，但仍然属于自己，仍然要加一把锁在那里，这就是地下室。我曾经也有一个地下室，但在卖掉那所房子时只能作为赠品赠与购买者，包括里面的破烂。事实上到最后你丝毫不关心新的主人怎么去处置他们，但为什么自己就能主动去丢弃呢？

这是人类的普遍生存困境，不断地生产，不断地需求，不断地浪费，不断地丢弃，但似乎不如此，社会就不再进步，生活就不再美好，人生就失去意义。国家需要 GDP 不断膨胀，个人需要无休止的欲望不断被填满。生活似乎不能停止，以至于你一旦要停下来，就会发现这其中的荒谬，但你又不得不停下来；定时的清理，不仅要减去身上的赘肉，还要为你的生活减肥，但这仍然没有逃脱一整套的大循环。

生活就是扔不完的，却要不断地去扔，就好像你需要不断地去购买。购买有购买的快感，丢弃也有丢弃的快感。这一切都服从于同一个东西——欲望。饿了就想吃，饱了就想发泄。当你空虚，你就要填满；当你饱和，你就要清空。当你洁净，你需要被污染；当你被污染，你就需要洁净。

　　当你丢弃，就会有别人去捡拾。非常有意思的现象，不论你将楼下的垃圾桶塞得有多满，转瞬间它就会被清空，你知道那并非垃圾车收走的。据说有人将这种现象称为社区黑洞，是人类社会的另一种分配方式。人的欲望也是黑洞，扔不完的生活也是黑洞。一切精神的满足只是暂时的幻想，并没有永久的清净可言。

巧合不能太恐怖

上次和一群朋友聚会，发生一件诡异的事情。吃完饭去一个酒吧喝酒，本来礼拜一人家不营业，但老板经不住我们一提前到的朋友软磨硬泡，破例给我们开了门。

我是晚到的，一进门就觉得这个地方似乎来过，但想不起来什么时候。那个一进门的狭窄楼梯，和上到二层后，门厅和大厅之间的酒红色丝绒垂幕，都让我印象非常深刻。我确信曾在多年前的一个梦里来过这个地方。

那个梦也没有什么特别的情节，也是约一个朋友出来吃饭，找到这里。梦里的这个店面外观很高大，是前苏联风格的建筑，有拱门，高大的尖顶。我朋友说就在这家吃吧。但我觉得这要么是间酒吧，要么是家碟店，要么是其他什么稀奇古怪的地方，却一定不是可以吃饭聊天的地方。果然，一走进大厅，里面啥都没有，只有一个通向二楼的楼梯。等我发现那楼梯时，我那朋友已经噔噔噔先跑上去了，而且边跑还边脱衣服，到二楼时已经赤条条一丝不挂。楼梯很狭窄，我只能踩着他的衣服上楼。二楼门厅和大厅之间被一块沉重的丝绒幕布隔开。我和朋友小心翼翼揭开幕布往里看，却是一个放映厅，里面满满当当都是人。也许是我们拉扯幕布的声音太大了，干扰到他们看电影，他们突然全都把脑袋转向我们这边，反倒把我俩吓一大跳，尤其是我那朋友，因为脱光了衣服被人看到，非常尴尬，只好落荒而逃。

我忍不住将这个梦讲给当晚的朋友听，并且着重说到那个进门的楼梯和门厅的酒红色丝绒幕布，与梦里的情景有多么多么相似。他们就笑，说如果今晚突然闯进来一个光屁股的人才好玩呢。

然后大家继续喝酒聊天，也不知怎么回事，聊天过程中一有点空档，随便谁就会突然来一句，光屁股的人怎么还不出现？说来说去反倒变成一种小期待了，尽管大家都不真的认为这事儿会发生。

后来老板加入我们的谈话，又有人说起光屁股的人，他倒一点也不惊奇，说酒吧里这种事情见得太多了，很多酒鬼来这里时已经喝得迷迷糊糊，真有一边上楼梯一边脱衣服的，以为是回到自己家里。

老板明显是故意迎合那个梦才这么说，但这却造成一种灭嗨的效果，一个光屁股的人落实为一个酒鬼，本来很有兴味的期待就马上变得无趣了。

　　所谓的巧合，一定要恰到好处。一般来说，有三成巧合度就比较有意思了，五成到七成就会很疯狂，一旦达到八成甚至百分百，那就会非常恐怖。人们往往会期待生活中发生有意思甚至疯狂的事情，但对极端恐怖的巧合还是会有所保留，因为那确实是不可想象和难以控制的。

　　而此刻如果真有一个脱光了的酒鬼闯进来，那没准就会变成一个惊悚故事。

　　也许会很好玩，也许会很可怕，谁知道呢？

　　尽管不可预料，还是会有人暗暗期望光屁股的人出现吧，毕竟在一个冷清的酒吧里，一帮无所事事的人仅仅是聊天也够寡淡的。

阅读的重影

在奔跑中散步

　　我纳闷有谁会想象得出在那平静的土地下面，长眠者竟会有并不平静的睡眠。寒冷的冬夜，翻看那本陈旧的书，书页清脆的碰撞声中，心灵常常感到惊悚，害怕会有一只冰凉的小手伸到我的窗台上，叩击我的窗子，一个极忧郁的声音抽泣着："让我进去，让我进去！"痛苦的阅读会召来那焦躁的灵魂。艾米莉·勃朗特，这个十九世纪英国乡间的疯姑娘，一个说着神奇秘语的幽灵，任何呼吸都不能阻挡她的飘荡。

　　父亲照旧在读他的《圣经》，姐姐在哥哥发完酒疯之后开始做一些针线活，小妹妹安妮又要皱着眉头写诗了。而她，艾米莉却呆坐在窗前，烦躁不安。一个多么痛苦的决定，让凯瑟琳答应埃德加的求婚，而这对那个希斯克厉夫来说，简直是向他的胸口捅刀子。但是没有人理她和她的凯瑟琳以及希斯克厉夫。她觉得一定要和全家人大吵一架才好。

　　她冲出家门,翻过低矮的栅栏,跑到草原上去。她在无边的草原上奔跑,在奔跑中仰天大笑。她双臂剧烈地摆动,两眼圆睁,没人看清她的眼睛是干枯还是潮湿。在这个日落牛羊下的黄昏,归来的牧人问勃朗特家的仆人:"她怎么了,她在干什么呀?"仆人望着那个奔跑的背影,毫不吃惊地说:"哦,她在散步。"

　　她呼唤猎豹和狐狸,用神奇的话语同它们讲话。她告诉它们凯瑟琳和希斯克厉夫以及包括她在内的所有的人都会死的,所有的人都将成为草原上飘荡的幽灵。夜幕四拢的草原并不宁静。大风开始从半空里吹来,大块的云朵压坠了阴郁的天空,荒原和稀落的树林隐隐传来下雪的信息。艾米莉不想回家,她刚从山坡上下来。在那里,她变成一个吉普赛人,蓬头垢面,衣衫褴褛。她热爱那儿山岩上的每一块石头。她想象那是一个有着强壮灵魂,一个充满仇恨和巨大忧愁的男人的肌肉,就像那个希斯克厉夫。没有什么语言可以表达艾米莉对这块山岩的喜爱,这是她可以秘密哭泣和秘密欢笑的怀抱。她热爱这片荒原和荒原上飘荡的灵魂。这些灵魂,都曾经在土地上行走。他们死了,却让生命得以飞翔,获得自由。他们的力量能够抵挡撒旦和他所有的军队。她多么想成为他们中间的一个,从此不用回家。她知道这一切不会太晚，她将和凯瑟琳、希斯克厉夫一同死去，在荒原上，在野花与牛羊之间散步，和亲爱的人走来走去。

可现在是一种怎样的失落和忧伤呢？不能对话，只能观望。孤独的自己，只能对着那群可笑的家畜发着驴唇不对马嘴的牢骚。这样的悲哀抵得上一千次的哮喘而死。谁也别想安慰她，这颗痛苦的灵魂。只要这个世界上还有天空，还有乌云和草原，还有暴风雨，只要呼啸山庄的窗子还在巨大的山风中颤抖，谁也别想安慰她。谁也不能阻挡那样的爱情，那样的复仇，那样的死亡。她只能这样披头散发，怒气冲冲地走出家门，消遁在永无边际的荒原夜色中，而人们从此遗忘了她。

谁也不再记得勃朗特一家曾有一个女儿，名叫艾米莉。

阅读的重影

经常在阅读的时候，脑子里浮现的是完全无关的一个图景。书中所描写的环境、故事和人统统出现在这本不该出现的图景中。

你曾经走过的一个街角，或许只经过一次，此后再也没有出现在那里，甚至已经将那里忘记，但不经意地读到一些文字，会突然让你联想到那个街角，你甚至回忆起那次曾与你擦肩而过的行人的面孔。

你所生活过的村庄，一片树林，一个沙岗，一条河流，都会在你不同种类的阅读中一一浮现，充当这次阅读的一个背景，一块幕布，一种基调，一样色彩。你读到战争，这个村庄就是战场；你读到咖啡馆，村庄里就会有一间咖啡馆；你读到一架飞机坠落，那架飞机就会坠落在村庄后面的树林里；你读到一些人，那些人就在你的身边，和你交谈，但你们都不在这里，而在那条你记忆中的河流上。

你读《悲剧的诞生》，尼采就是在你曾玩耍过的沙岗上思考，独步，蓬头垢面，像你在沙岗上见过的一个乞丐。你读《林中路》，你就走在小时候多次走进的那片树林里，你能找到你最喜欢的那片林中空地，你还记得曾埋藏秘密的那个隐秘树洞，当你唇读"林中有许多路……"，你就真正"懂得什么叫走在林中路上"。

你读卡夫卡的《美国》，《纽约乡村的夜晚》那一章，美国，纽约的乡村，就在你曾居住的那一层地下室里。你在黑暗的地下室，长长的走廊里，和 K 一起寻找属于自己的那扇门。

街角、村庄、沙岗、河流、地下室走廊，这些毫不相干的情境不是经过选择的，它主动前来，莽撞地跑过来，出现在脑海中，参与到阅读中；仿佛是一块临时征用的土地，而书中所有的一切，都像是一栋建筑，要在这片土地上破土动工。

我不清楚这个现象只属于我个人，还是属于所有的阅读者。我把这个现象叫做"阅读的重影"。

重影，是当人感到晕眩或视力模糊的时候，世界作为一种"虚像"献给你的礼物；那些重叠的影像，可能像扑克牌一样均匀叠加在你的面前，也可能有万花筒多棱镜那般千变万化的奇观。而阅读的重影并不是产生于头脑的晕眩或者眼睛的不适，它是外视与内视相叠加的结果；它是文字所呈现的影像与阅读者经验中影像的重叠。这种叠加并不像眼睛的重影那般机械、简单、模糊，它几乎是两种影像、情境的有机融合，亲密无间地互补，它是两者共同建造的一个新世界的幻影。

我并不愿意把这种纯粹个人的体验一般化为所有阅读者普遍的经验。有人会说，这没什么特别之处，这并非一个新鲜怪异的发现，这不过是阅读者的经验与阅读对象交互作用的结果，或者这不过是两种意识碰撞所产生的火花，等等。我并不愿意将这种充满奇情异想的状态归结到一句被过度理性钙化的描述中去。它或许很难适应普遍的真理。

我采访过许多号称热爱读书的人，他们总声称自己读书时全神贯注，完全被那本书所吸引，所征服，心甘情愿地放下自我，完全漫游在那本书的迷宫里，甚至直到合上这本书，自我的意识还久久沉湎在里面，难以自拔。我从不否认有这样一种阅读，它也的确十分适合被一些人归纳为阅读的快感之类。如果说这种所谓阅读的快感来自于阅读的全神贯注，那"阅读的重影"则来自于阅读者的精神恍惚。

"我虽凝身不动，却心猿意马"，说的也许就是这个。

我从没有全神贯注阅读过一本书的经验。虽说眼睛一眨不眨，好像逐行扫描，嘴巴一张一合，似乎念念有词，但我无法完全听凭文字的指引，进入纯粹阅读的世界。与其说我喜欢读书，不如说我喜欢在阅读时漫无边际地走神。很少有人愿意承认自己喜欢阅读，却总爱走神，更少有人愿意承认阅读其实是一种自虐。因为他们害怕说出真相，招人耻笑；他们害怕被说是叶公好龙，自讨苦吃。他们的确如此，他们也许有走神的痛苦，却体验不到走神的快乐，发现不了"阅读的重影"——一个真正值得沉湎的世界。

在阅读中走神严重的人，眼里常常空洞无物，下意识的唇读发出声音而不自觉，最后成为一个名副其实的"朗读者"，但朗读者本身已经成为朗读的空壳。而这也许正是进入一场阅读"白日梦"的隐秘之门，就好像本文开头所描述的那样。由于走神走得太过离谱，"重影"的世界自行其是，它和阅读本身已经脱离干系。

当我们谈论卡佛的时候，谈论什么

《大教堂》这本书已经读完几天了，一直想说点什么，但是临到动笔，又觉得没什么可说的。我是很想再读几遍这本书其中的几篇——比如《好事一小件》、《维他命》、《马笼头》——之后再写点啥的。上周六涵芬楼有个有关这本书的活动，原来也想去看看，结果还是在家里宅着，路途遥远，又想到要听许多文化人一起谈论，便又觉得兴味索然。

《大教堂》这篇小说十年前就读过，如今算是重逢，读完之后有点诧异，觉得没有十年前好了。是翻译的原因吗？我已经不记得十年前那本薄薄的小书《你在圣·弗兰西斯科做什么?》的翻译者是谁。肖铁是个年轻的翻译家，几年前在一些文学论坛上看过他的几个帖子，主要是些诗歌什么的。要说翻译有什么问题，但我读其他几本小说，都还觉得语感上很棒，是葆有了卡佛语言的神韵的。那就不应该是翻译的问题了。

看来就是自己的问题，心境和十年前已经大有不同。十年前特别感动的结尾，现在看来就觉得虚假。那个盲牧师没有了十年前的魅力，我觉得他有些装腔作势了。我还是更喜欢卡佛早期的酒鬼题材小说。喜欢那种"不乐观"，那种平白寒暄里"冷彻骨髓的寒意"。愿意来一点乐观调子的卡佛，已经是戒了酒，再也不担心屁股下的椅子会有被抽走危险的卡佛了。

也请不要误会，就此以为我对这时的卡佛有所不满，或者认为其小说批判性的降低。我从来没有这样认为过。这只是一个小小的偏差，因为心境不同而导致的理解上的一点小小的乖谬。

恰如今日，赵天一在群里说他不理解杰·戴·塞林格《捉香蕉鱼的最佳日子》里的那个人为什么会自杀？在我看来，这是很自然的结尾，是可以理解的，但是他恰恰不能理解。即使理性上认为小说在逻辑上导致其自杀完全成立，还是不能理解。这就不是小说的问题。

但我觉得，这种"不理解"本身也是可以理解的，不需要去解释。

然后我又说，《香蕉鱼》这篇小说写得不赖，但是和《九故事》里其他的小说相比，算不上很好，可以说不好，至少我本人不太喜欢。因为它"技术"得很露骨，让人一眼就看出来，造成的一个不良影响是，许多善于取巧的后进，似乎以为从这里偷到了短篇小说的独门绝技，从此误入歧途。当然，这也并不是塞林格的错。

同样地，《大教堂》我不再像十年前那样喜欢，也不是卡佛的错误。

卡佛的文体风格，我们自然都知道是继承了海明威。但是实际上，卡佛要比海明威啰嗦一些，可为什么反而觉得比海明威还要简洁呢？这是一个多么有趣的问题，至少我们可以知道，并不是刀砍斧削地侍弄每一个句子就是简洁，类似作诗式地写小说，是不可取的。而卡佛在叙述上，正是用一种"唠叨式"的语言，建立了另外一种简洁的范式。

卡佛和海明威的不同还在于，他平白朴素地呈现了蓝领美国社会的一个个截面，而海明威，更像一个稍嫌矫情的知识分子，他的每一处落笔，都几乎含有无穷的诗意可以生发。卡佛拒绝了这些，这也无怪乎在中国，有像韩东这样的作家热爱卡佛。

在《大教堂》这本书里，写得最好的一篇，无疑应该是《好事一小件》。这个题目首先让人感到费解。为什么叫这个名字，我没有做研究，老实说并不清楚，也不太理解。但是对这个故事，我真的是佩服得五体投地。

好吧，我们舍去那些最重要的核心情节不去讨论，也来庸俗地讨论一下那个结尾（是啊，短篇小说，总是要讨论结尾的，好像一个短篇小说，只有结尾最重要似的）。我真不觉得这是一个"乐观"的结尾。面包房师傅让这对悲惨又饥饿的夫妻吃面包，是将一个悲伤的故事引向了荒诞。我们当然不会浅薄地以为这个结尾就是为了表达他们与面包房师傅的和解，那就不仅仅是荒诞了，简直荒唐。

他总是担心屁股底下的椅子随时有被抽走的危险，于是他只写一次就写完的小说。似乎可以说，是这种压力造就了他的文体风格。卡佛为什么会坚持写作，在生活都难以为继的时候？当他在白天给人家采完了郁金香，晚上又去兼职给人家洗车，当他失业、酗酒、破产、妻离子散的时候，他是怎样拿起笔来进行写作的？

除此之外，我还感兴趣的一点是，在美国，有没有人责怪他仅仅写了几本短篇就完蛋，有些说不过去呢？

斯蒂芬·金对写作的祛魅

从网上看到这本书的封皮，大吃一惊，斯蒂芬·金的模样和我想象中的完全不一样。

我想象中的金先生一定会让金迷忍无可忍！——那是个超级大胖子，身材高大、臃肿，肚皮要叠三重，脖子也粗短，秃顶，但后脑勺的头发乌黑油亮，并且蜷曲，一直垂到肩膀；脸皮白皙，络腮胡子，肉乎乎的大鼻头上架一副眼镜……天知道我这是从哪里得来的印象。

在此之前我只读过一本《闪灵》，给我的印象并不算好。忘记是哪家出版社做的，装帧非常地摊文学；更重要的是，即使不考虑翻译水准的折扣，我还是认为斯蒂芬·金的文字并不精练。再加上早几年先看了库布里克的电影，更觉得小说在节奏的控制上太粘滞。也不否认小说本身有着浓郁的象征意味，但库布里克的电影在这一点上却做得更好。不管有没有先入为主，斯蒂芬·金碰到库布里克，是他的幸运，也得说是个悲哀。

买下《写作这回事》，一个原因是如本文第一段所说，看在他的模样让我如此意外的份上。我的确得为这不知哪儿得来的印象感到抱歉，因为金先生至少不是个胖子，也不秃顶，头发也不是黑的，鼻子也不肉乎乎。我得承认他的金色短发很有型，眼神犀利，是一个小说家应有的眼神；鼻子挺拔，人中很长——自然地，这导致了脸也瘦长——围脖上有人说他是典型的马脸，人中之长，怕是要活到六百岁，这大概也是他遭遇重大车祸都没有玩完的原因吧。

另一个原因，也可以说是好奇，我还从来没有读过一个流行作家的创作谈。这会和所谓严肃文学作家在认识以及谈论的方式上有何不同？

书的副题是"创作生涯回忆录"，前面有近一半的篇幅讲述不能称为幸福的童年生活、如何恋爱结婚生子，以及怎样开始写作，如何经历种种挫折走向成功，很像一部励志小说。和多数作家一样，谈论写作，不免就要先谈论生活，谈论童年，谈论影响自己的那些人和事。谈写作毋宁就是谈成长，就是回忆，这句话反过来说也成立。这是一切得以发生的背景和条件，一切讨论的起点，不先梳理出这些，就没有办法往下谈。在这方面，斯蒂芬·金表现的并不是太意外，要说意外，那也是他把这半生真实的经历写得太精彩，太像一部小说。

接下来，他便一头扎进写作的实操性经验中，和盘托出全部心得。你甚至会感到他坦率得过分，真诚得只能让你会心一笑，许多你都不好意思说出来的体验，他都替你说出来。他比很多作家都勇敢，甚至毫不讳言一些功利性的写作技巧，只要那是可以拯救一本书的，没有什么不可以说出来。从写作的工具谈起，从词汇、语法、句式谈到句子、段落的组织，直到故事的形成。他告诉你阅读对写作的重要性，一个作家该写多少字才算开始入门，写作地点如何选择，书桌要什么材质，怎么样摆放；谈细节描述的适度和有效，谈如何写好对话，怎样做好研究工作，怎么交代背景故事，怎样通过象征提高故事的魅力，怎样依据情势而不是故事去写作；最后谈到如何改稿，如何寻找合适的经纪人。甚至还谈到写作中如何面对精神和体力上的压力和困境，写到酗酒和嗑药。你不得不惊叹于这一套流程的条理，思路如此清晰，却又面面俱到。

有人会不喜欢斯蒂芬·金把写作谈论得如此具体琐碎，如此具有实际的可操作性，好比是把一个私家偏方公之于众，但又难免投鼠忌器，伤及其他同行；有人会认为这毁坏了写作的神秘感，把写作降低为一个有固定工序和工艺的"手艺"。我倒觉得这本书最大的价值恰恰在于在给小说写作祛魅。一个流行作家在做一件拆毁宫殿的工作，好处是，让更多的人对建筑宫殿发生兴趣。

一般来说，谈到创作，小说家最容易谈得实在，诗人最容易谈得玄虚。你什么时候见过一个诗人在谈论诗歌的时候，会具体到如何删减这一行修改那一句，如何调整上句和下句的顺序？在写作的操作层面，他们顶多会谈论"炼字"。诗是一种有"魅"东西，诗人不可能祛自己的魅，所以诗人有时是不"实在"的。

但小说家里面也不全是"实在"人。"纯文学"论者，小说本体论者，一般也拒绝去谈论操作层面，他们更愿意给小说下定义，探讨小说的伟大使命与奇特功能，甚至谈论到最后，不再是谈论小说，跨界到哲学、符号学、语义分析学甚至数理逻辑等领域去，再极致一点，小说恐怕都要成为宗教和信仰。说得不严肃一点，简直是希望手机可以洗衣服，洗衣机可以预报天气，气象局可以生产洗衣粉。

我有一套1986年出版的二十世纪世界文学大师的创作访谈录，名字叫做《"冰山"理论：对话与潜对话》，在当年可能有些影响。你要是读一遍这本书，就会发现，这就是一帮文学大师在那里彼此说着驴唇不对马嘴的话。后来我才想通，这本书真正要告诉你的是：不要相信他们任何一个人，写作是一个人的事业，你认为它是什么；那就是什么，你想怎么写，就可以怎么写。

斯蒂芬·金在他的书中，直言不讳地表达了对将写作神秘化的不屑。在本书五十二页，他提到那些从事严肃艺术的大学生，沉浸在语焉不详的"诗艺"里面，写一些自己并不理解何以如此的诗；"诗人不能告诉你创作的机理，大家认为这个并不重要。"他嘲讽那些毫无生气的文艺沙龙，嘲笑"不可说"的诗学理论。在 137 页，他抨击知识圈的势利和文学批评的种姓制度，为著名推理小说大师雷蒙德·钱德勒鸣不平："即使有人愿意将雷蒙德·钱德勒纳入大作家行列，却倾向于叨陪末座。""出身流行小说传统……"似乎是一个作家一辈子抹不去的污点，是血统上的作家贱民："一朝卖身，永世是婊子。"

斯蒂芬·金一方面通过自己的经历，鼓励对写作有兴趣的人，重要的是行动和坚持（"有时候人就得硬着头皮上，哪怕有时候做事力不从心，仿佛坐姿铲屎，使不上劲，但其实干出来的活还是不错"），一方面不遗余力地为写作祛魅，解放那些被各种可疑的文学戒条束缚、被文体警察和语法警察折磨到不行的习作者，告诫他们不要被神秘的东西蛊惑。他甚至也提出自己的一套理论："我相信故事犹如埋在地下的化石，是被人们发掘出来的……作家的工作就是利用他的工具箱把每个故事尽量完好无损地从地里发掘出来。"

我最先读完也最喜欢的是这本书的最后几页，有关他的小说《1408》修改过程的直观呈现。他毫不避讳地拿出该小说的第一稿，然后告诉大家怎样修改以及这样修改的好处。就算你没有读过斯蒂芬·金的小说，也不妨碍这对你有所教益。由此可以得出一个结论，作家的成就不应取决于他的题材；作家对写作的认识，也和他所写作的类型无关。你看，即便是一个写流行小说的人，你也不能随随便便就把他的外貌想象得那么不堪，就像本文开头所描写的那样。

知识者未被引爆的命运

看过老电影《地雷战》的朋友，有多少人怀疑过，那些花样百出的地雷炸弹的发明者，真的是一些土生土长的农民？这些知识真的是凭空从那些农民的脑子里产生的吗？我们当然很少在意这些细枝末节的问题；在很长的历史时期，我们都已经习惯性地认为，抗日战争就是那样打下来的，伟大的中国人民的集体智慧可以发明一切，更遑论一颗小小的地雷了。现在我们已经知道，抗日战争另有一副面容，但对于"地雷"来说，这仍然只是宏观历史中一个微不足道的技术问题。不过，恰恰是这么一个小小的技术问题，却饱含了对知识分子的巨大遮蔽。在这颗被引爆的地雷的下面，还有更多不为人所知的历史没有被引爆。

据闻，《地雷战》的故事取材于共产党的冀中抗日历史，但地雷技术的提供者却是一帮具有清华背景的学生，这些学生并没有因为这些贡献取得信任，反而被作为国民党特务遭到严刑拷打，有的被施以乱石砸死之刑。这段历史掌故和一个叫叶企孙的清华物理教授有关联，那个被乱石砸死的人就是他的学生。叶企孙，对很多人来说，也是一个陌生的名字，当你读完《从蔡元培到胡适：中研院那些人和事》这本书的时候，这个名字将不再陌生，里面专门辟有一章讲他的这段故事。

叶企孙名头不响，但他的学生个个如雷贯耳。还在西南联大时期，他就保送一个刚上大二的学生去美国读物理学博士，这个学生后来获得了诺贝尔奖，他的名字叫李政道；我国二十三名两弹一星功勋院士名单中，有八名是他的学生，包括王淦昌、钱三强、邓稼先、朱光亚，还有四名是他学生的学生。他短暂做过中研院的总干事，1949 年以后留在大陆负责清华校务，因为坚持独立自由的学术思想被赶下台，又被诬陷为 C. C. 系特务，折磨成幻听官能症，老感觉有电台在控制他，人生末年在中关村沿街乞讨，在文革结束的日子默然死去。

掌故和八卦就是历史的细节和血肉，了解得越多，对历史的把握就会越准确。在这本介绍中研院历史的书籍中，你能找到很多类似的秘闻掌故。这里面所呈现的是长久被遮蔽的中国现代知识分子的历史命运。

不知从什么时候起，民国历史，尤其是民国知识分子的历史成为一门显学。越来越多的人意识到近代以降到 1949 年以前一百年的时间里，特别是"五四"以降三十年的时间，是中国知识分子的黄金时代，连续几代人，大师辈出，大德云集。他们的学识人格受人景仰，他们的性格命运耐人寻味。一时间，当垆酒肆，文艺青年们以讲民国名人轶事当作最好谈资。这无疑是对一个逝去的辉煌时代的向往和追慕。一方面，当下的知识分子生活，毋宁说是平庸、无趣和荒芜的，而在此之前一个漫长历史时期，却又充满"被改造"、"被洗澡"的苦难和困厄。从辉煌到苦难到平庸，这是一个让人沮丧的曲线，而对往日风流的追慕，则形成一种期待。一时间，"太太的客厅"成为一种典型的"民国想象"，但却是最皮毛的部分；民国的知识者对历史的最大贡献绝不会是客厅生活，如果没有学术的大成就、思想的大突破、精神的大自由，这些皮毛也就显得无聊了。所以我们多看一些有民国知识者思想命运的书，了解一下那从辉煌到苦难到平庸的来龙去脉，就总比只谈民国风月要好许多。

这本《中研院那些人和事》角度独特，把中央研究院这一民国时期最高学术机构作为研究对象，从它的产生背景和发展过程，谈到它的学术精神、运作模式、用人原则，甚至人事纠纷等等，落脚在蔡元培、胡适、傅斯年等人的学术成就和个人命运上。在谈到每个人时，则首先从其人作为中研院某身份的角度落笔，突出职业性，再突出人的本来性格，可以说是别开生面。

名为《中研院那些人和事》，其实主要写的是史语所，所以贯穿始终的人物就是身兼史语所所长和中研院总干事的傅斯年。本书最大亮点便是活现出"黄河流域第一才子"傅斯年这样一个特别的学人形象。这位五四干将，是中研院的创始人之一，具有强硬霸气的行事风格，高调严谨的学术风范，以及对年轻学人苛刻以致难免怀有偏见的取舍标准，堪称一代"学霸"。

他可以因为一个人的才华喜欢这个人，给予无私的帮助，也可以因为一些莫名其妙的因素讨厌一个人，而不论其才华高低。比如在史语所的李庄时期，对病中梁思永的额外照顾，专门为梁思永看病申请特别经费，不顾全所人的非议，无非是爱惜人才；又比如对夏鼐的欣赏，夏鼐半路出家学习考古，又是初出茅庐，但是傅斯年认为其才华惊人，将来前途无可限量，对其尤为看重，一进所就给了个副研究员的职位；而第一个发现龙山文化的吴金鼎，虽然学术成就也很高，又是傅斯年的山东老乡，却始终不得傅的待见，进得他门下，却只给一个"技正"的头衔——所谓技正，就是个高级技工吧，不属于科研序列，最终导致吴金鼎负气出走，参军抗日。还有"闽东四才女"之一的游寿，也因为门户之见，在傅斯年的手下待得极为郁闷。

书中详细分析了傅斯年的性格特征，因为他出身寒门，"少也贱"，所以极为敏感自负，容不得别人对其学问地位的丝毫质疑和挑战，具有"山东响马"、"水浒好汉"的强悍性格，狂妄起来哪怕老校长蔡元培在场也敢胡说八道，曾经连续骂掉两任行政院长，蒋介石都要让其三分。正是因为他这种强悍霸道的性格，加之学问上极深的门户意识，管理上的铁腕手段，成就了史语所一段不可复制的辉煌。

有关游寿的资料，本书也应该是最全面最生动的。游寿是中国少见的女性考古学大师，著名的书法家、金石家。年轻时和冰心、林徽因、庐隐并称"闽东四才女"，但最要好的却是大学同门女生曾昭燏。曾昭燏也是难得一见的金石学才女，1949年后滞留大陆，因为有曾国藩这个"屠杀人民的刽子手"的曾祖父，精神压力巨大，在南京灵谷寺跳塔自杀。游寿则比她坚强许多，虽然在史语所和傅斯年关系极差，但在1949年以后，还是因为曾在傅手下工作这个所谓的"历史污点"，屡遭批斗。游寿从南京往北，一路流落到山东、黑龙江；精神危机最厉害时，曾上书要求发配西北，"愿以六十余岁赢弱之躯做原子弹爆炸辐射之试验，以明心志"。好在最终躲过了"文革"浩劫，八十年代初，重新投入学术研究，一个偶然的机遇，发现并确定了鲜卑族先祖的发源地，从而名动天下。

本书不仅着力于每个学人的历史命运，还相当专业地描述了他们的学术成就，比如对梁思永殷墟发掘过程的详细介绍，吴金鼎龙山文化发掘过程的叙述等等。中研院史语所的历史功绩在于，真正实现了蔡元培所倡导的"独立之思想，自由之精神"的学术风范，在军阀混战的年代、在抗日战争时期，在任何一段国家命运遭受重大磨难的时刻，都依然静心做学术，通过一系列的重大考古发现（安阳系列考古发掘、龙山文化发掘、东北考古发掘、蜀国抚琴台的发掘等等），真正确立了"科学的东方学之正统在中国"的学术地位。

我们常说民国的知识分子空前绝后，到底空前绝后在哪里呢？最近阅读蒋廷黻的《中国近代史》，薄薄五万字的小册子，写于抗日战争爆发的第二年，将中国自 1840 年鸦片战争以来一直到民国成立的六七十年历史梳理得极为清晰，可读性也极强，重要的是当你阅读之后，居然会觉得他的观点清新逼人。大陆学人在奋力摆脱马克思唯物史观的套子去重新梳理一些历史问题时才发现，原来这些见解在前代学者那里早就有了，我们不过是重新又还原了一遍而已。蒋廷黻学问做得好，却也是一代政治家，曾经做过驻苏联大使，在和苏联建交期间还曾是斯大林和蒋介石的秘密联络人。彼时像蒋廷黻这样的学者从政的例子并不罕见：地质学家翁文灏做到行政院长；胡适长期做驻美大使，一度要竞选总统；朱家骅作为中研院院长还兼任一个省的主席。如果在和平时期，一个有大量优秀学者参与的政府该是怎样一种面貌呢？历史真的是不可以假设！

1949年以后，我们的历史真的成了一个"断代史"，这个"断"，既是"武断"的断，也是"截断"的断。这一断，断得斩钉截铁，断得是无处话凄凉！很长的历史时期，许许多多曾经存在的人和事就在这一断之间被永久性地遮蔽了。胡适傅斯年等大师"归骨于田横之岛"，延续了一代学术文化的脉搏，没有因为外力而哪怕有片刻的阻断，诚为欣喜；留在大陆的学人却继续承受着政治打击所给予的残酷考验，一切学术传统推倒重来，一切学术价值被粗暴否定，至今未免有新痂未结旧伤未愈的哀伤。多少人失踪？多少人死去？多少人在残缺的余生中苟活？除了我们已经知道名字的，还有多少人的命运仍然在历史的遮蔽中，好像从来没有存在过一般？如果没有像本书作者岳南这样的人，反复去打捞历史的碎片，像考古学家那样去拼凑复原一个个人物，又会有几人知道游寿，几人知道曾昭燏？被人为阻断的学术脉络何时重新接续？自由之精神，独立之思想，冥冥的召唤，还是那样遥不可及吗？

知识者的救赎

二十世纪初，在纽约的郊区，有一个叫做格林威治的村落，这个村的居民多半来自小地方。他们来这里的原因首先是因为这里的生活花费不多，每月花三十美元，就能租下一幢旧房的一层。在这里居住，不仅意味着摆脱传统的支配，而且意味着接受一种新的生活方式，体现一套全新的思想。这不是向需求屈服的生活，而是一种经过抉择而采取的生活。它允许你在服饰、性道德以及一般生活上作广泛的试验。他们创办自己的杂志，表达自己的思想，所有主流杂志不能容忍的东西他们一概吸纳。他们著名的《小评论》杂志，发行量只有两千册，但它在刊头栏上宣布：这是一本艺术杂志，决不迎合公众趣味。

这是一个具有"原型"意味的波西米亚村落。如果你的眼睛不被什么遮蔽，你定会发现生活在身边的人中必定有些"异类"，那么这个"异类"可能曾经就是村中之人。你不必担心他们的命运，这些人，绝不是智力工作中的不适者，他们几乎可以在任何地方找到一份编辑职务。只是，他们并不想就这样被体制征服。

他们在对主流社会的批判中融进主流，一边庆幸自己的声音引起大众的回应，一边愤怒自己终于不能永远站在"河流的对岸"。曾经的新锐作家走进大众媒体，曾经的先锋诗人写起遵命剧本，丧失了创作激情与成就感，在个人不断的异化中忘却自尊，在个人渐趋体制化的进程里消磨意志。"从此，艺术家最大的满足——把自己和自己的作品融为一体，通过作品证明自己的价值，在这之上达到自我超越——已经消失了。"

有一部叫做《肖申克的救赎》的影片，主人公安迪·杜佛伦注定要在高度体制化的牢狱中了此一生，然而他没有忘记自己作为一个生命所应有的乐趣与尊严，在牢狱中收获真挚的友情，也骗得"体制"的信任。用一把小鹤嘴锄，在十九年的时间里，挖透一面墙体，在一个风雨交加的夜晚砸破下水管道，在污秽的管道中爬行五个橄榄球场的距离，重获自由。他一头扎进清洁的河流之中，大雨洗刷掉他满身的污秽，雷电唤醒他被束缚已久的灵魂。正像剧中人所说的，有些鸟的翅膀过于明亮，是注定关不住的。

体制化，是这样一种东西，就好比一个重刑牢狱，你一呆可能就是一生；起初你厌恶它，然后你适应它，最后你离不开它。只有那些决心牺牲智力与个性的人，才会被它完全吸收。体制化也许是知识者永久的命运，但他们的精神永远做不到和别人一样，他们必须始终保持着批判的态度和不受束缚的自由。如果知识者能设法避免在体制面前完全退缩和彻底整合的双重命运，那么他们可以继续担当"民族的触角"。

为什么一本书会让你激动不已或者坐立不安，因为那里面有些话，说的就是你自己。

这本叫做《理念人》的书，是一个美国人二十世纪六十年代所写。据说该书在西方学界从六十年代开始，时髦至今；而在中国则命运多舛，从翻译到出版用了近二十年的时间。

对专业性极强的书，笔者每每有一种阅读上的自虐心态，然而《理念人》似乎不仅仅是这样。它冷静描述下的绵密激情，有如燃烧的冰块，是一种奇异的震撼。

（《理念人——一项社会学的考察》，［美］刘易斯·科塞著，郭方等译，中央编译出版社，2004 年）

永不丢失的圣节

　　《不固定的圣节》是海明威对自己年轻时代在巴黎生活的一段记录。

　　我曾经见过多种译本，名字都不一样，比如有的叫《流动的飨宴》，有的叫《流动的圣节》，等等。这些名字翻译得应当说都不算错，只是用词的不同，意义上没有什么太大差异。现在我手头上的是一本汤永宽先生翻译的《不固定的圣节》。黑色封面上是晚年微笑着的海明威。里面则有海明威年轻时在巴黎的一些照片，与第一任夫人哈德莉的亲密合影，葛特鲁德·斯泰因的寓所，希尔维亚·比奇的莎士比亚图书公司，以及艾兹拉·庞德、詹姆斯·乔伊斯、斯各特·菲茨杰拉德等文坛巨匠的照片——年轻的海明威是他们倾力提携的一个文学新星。

　　我曾两次购买这本书。在第一次购买之前，我早就在图书馆借阅过，所以购买下来，当然是因为喜欢而收藏。不料后来竟然被我丢掉，于是又第二次购买。

在第二次购得的这本书的扉页，我简短地叙述了第一本遗失的经过："在此之前我曾经犯下一个不可饶恕的错误，也是一个难以想象的错误——我弄丢了这本书。甚至弄丢的方式也是不可饶恕的：在火车站候车的时候，因为座位太脏，我让女朋友把它垫在屁股下面。而等我们上了干净的火车，准备好好阅读一段海明威穷困潦倒的生活，好为我们同样的生活做一个参考的时候，才发现，它已不在我们身边……"

这当然是一次伤心的旅程，就好像在这本书的末尾，海明威从奥地利滑雪归来，乘坐火车回巴黎时的心情一样。他在晚年以无比懊悔的笔触来叙述这一段——他是如何亲手结束了他与哈德莉的爱情。"我爱她，我并不爱任何别的女人。我们单独在一起时度过的是美好的令人着迷的时光。"

第二本《不固定的圣节》也有一段发生在火车上的奇妙故事。因为我有带一本书出门旅行的习惯，就像上次一样，这次带着的恰好也是《不固定的圣节》；当然，我再也不可能把它弄丢。我在火车上埋头阅读其中的某个章节，没有注意对面坐着一对美国母女。巧合的是，在我身边有一个女孩，是某大学的学生，英语说得特别好，正好做个翻译。我们就这样交谈起来。后来谈到彼此手中的书，那个美国女孩手里拿着一本英文版的小说——哈金的《等待》，这是那年美国的畅销书。哈金是一个用英文写作的华人作家。这个美国女孩一直以一种热烈的表情来谈论哈金。然后我把我的书递给她，问她是否熟悉这本书；直到指给她海明威的英文拼写，她才有些懵懂似的点点头，然后她就此请教她的母亲。她的母亲自称从事教育，似乎对海明威略知一二，但显然对这本书她了解也不多。

这件事让我既觉得巧合，又有一点失落。巧合的是，在同一辆列车上，一个美国人在阅读一个中国人写的小说；而一个中国人在阅读一个美国人写的小说；失落的是，海明威在对方那里显然没有哈金那样的魅力。海明威不可抵挡的魅力，在美国居然也有难以想象的盲点——尤其是美国的女性。

最早接触《不固定的圣节》，还是在大学时代的图书馆生涯。在无意中打开一本叫做《流动的飨宴》的书，立刻被里面所描写的生活深深吸引：在巴黎，一个青年作家，和他的妻子，困苦的生活，塞纳河畔的妓女和艺术家沙龙，观赛马，买彩票，郊外的旅行，塞尚的画可以抵抗饥饿，咖啡馆里的写作……"巴黎永远没个完。"

这本书在我身上起了两个作用：一，决心像海明威那样去写作；二，一定要去巴黎生活一段时间。

海明威的短篇小说

　　初学写作的人最好多读海明威的短篇小说，因为他的小说都简单、通俗，但是又都呈现出一种高贵、含蓄的气质。没有复杂的形式，没有迷宫式的结构，没有复调或者多层的主题，没有多视角的呈现，更没有哲学的观念或者理念隐含。简单地说，如果有各种各样时髦的写作方式，它们终究会过时，但海明威的写作方式不会。因为他的方式是最基本的方式，是一个人开始学习写作记叙文的时候就懂得的那些东西。

　　人们通常用简洁、简练、短促、洗练、蕴藉、有力这样的词汇来评价海明威的语言魅力和文体魅力。这主要还是体现在他的对话和描写上。阅读海明威的小说，注意体味这两个方面，海明威语言的主要魅力也就掌握得差不多了。海明威的对话技巧、对话方式以及用语习惯，对美国文学和美国文化影响深远。如果你喜欢看美国的好莱坞大片，有时候也许还能听到几处海明威风格的对话，那一定是崇拜海明威的编剧写出来的剧本。海明威正是基于对这些最基本东西的反复锤炼和推敲，才创造出独一无二的小说文体。我们说海明威是一个文体作家，一点也不冤枉他。（题外话，突然觉得他跟中国的柳宗元语言风格上很相似，特别是描写。）

《弗朗西斯·麦康伯短暂的幸福生活》、《世界之都》、《乞里马扎罗的雪》算是海明威小说中最称得上复杂的短篇，但是仍然"浅显易懂"。《在印第安人营地》、《三天大风》、《拳击家》、《大双心河》（一和二）都是"尼克故事集"的东西，特别推荐《三天大风》。在《没有被斗败的人》、《在异乡》、《白象似的群山》、《杀人者》这一组中，特别推荐《白象似的群山》，这可以称得上"对话小说"中经典中的经典。《雨中的猫》也值得一读。古巴时期的《过海记》也不错。还有一篇《论写作》的小说，其实是《大双心河》的结尾，有兴趣的人也可以拿来读。

通读过海明威短篇小说的人都知道，海明威的小说在形式上没有什么变化。从早期一些不算成功的小说到后来的经典，都一直是在使用对话和白描。早期的小说也可以说是什么都写，近乎记日记一般，显得无目的，像是在乱写，但正是在这种无目的的写作中，他锤炼着自己的语言，锤炼着自己钟爱的对话和对所观察事物的描述技巧，锤炼着自己对这个世界的观察方式，这里面也隐含着一个作家世界观的养成或者灵魂的发育。早期没有发表过的《搭火车记》、《卧车列车员》等一个系列就是以日记的形式详细记录一段旅程，而又将这段旅程"虚构"成小说的样子。所以说，如果你还不清晰地知道你表达什么，那么，你不妨先锤炼最基本的技巧，在这个过程中，所要表达的东西，你自己会慢慢悟到。我们知道海明威有一个著名的冰山理论，在技术层面上，倒不用将这个理论想象得多么深奥，无非是用对话和白描的呈现，省略掉或者替代掉那些不用说也可以体验、想象、回味的东西。所以，海明威的小说都是言之有物的，拒绝抒情，拒绝议论，拒绝废话。我们甚至可以说海明威是个有"洁癖"的作家。

但是海明威不是一个玩弄技巧的作家，对话和白描仅仅是他的本色，这代表了他对世界的观察；正像有的作家不喜欢对话和白描一样。他其实并不关心这些东西。他注重的是自己的灵魂。海明威崇尚的是健康、勇敢、富于挑战和冒险、自由、"呱呱叫"的人生，反对的是病痛、压抑、卑琐、胆小鬼、肮脏龌龊的人生（建议阅读海明威的传记，特别是他的自传小说《流动的圣节》，他的传奇人生或许比他的小说还有趣）。他精神上的"洁癖"使他过于追求完美和极致。海明威小说中的"硬汉"形象隐喻了海明威自己的命运。这些硬汉一直在海明威的小说中成长，从最初少年和青年时的尼克到斗牛士、拳击家、战地记者、非洲猎人，再到捕鱼者桑迪亚哥。这些硬汉全都具有一颗高贵而追求完美的心灵。"永不服输"只是他的表面，"永不能赢"才是他真正的忧患。在这种双层的焦虑中，海明威的硬汉一步步走向成熟——意识到存在的虚无与荒谬。不能说海明威是一个悲观主义作家，但是海明威有时确实是非常地悲观。为什么有人能从海明威的小说中嗅出卡夫卡的味道？因为他和卡夫卡有着近乎同质不同构的灵魂。

一个写作者，首先要有一颗高贵的灵魂，不被世俗玷污，不被旁见左右，坚持以自己的方式进入这个世界。这或许才是一个学习写作的人首先考虑的问题。

巴别尔

有人说巴别尔的最大特点是简洁，连海明威都亲口承认不能企及的简洁。这肯定是一个匆忙而鲁莽的结论。事实上很多吹捧他的作家，都只称赞了他们偏爱的那一面。

比如博尔赫斯说到他的"文风的音乐性和某些情节的难于言传的残酷对比分明。有一篇小说——《盐》——享有散文难于企及，好像只留给诗的荣耀：很多人都打心底里知晓"。

海明威说："我从不觉得能用字数判断文章……但看完巴别尔的，我觉得我还能更凝练些。"

卡尔维诺说："他的《红色骑兵军》……堪称本世纪写实主义文学的奇书之一，算是知识分子和革命暴力互动关系之下的产物。"

海明威看到简洁，博尔赫斯看到诗，卡尔维诺看到知识分子……鲁迅在一篇文章中也提到过巴别尔的名字。如果这些作家还能在诚恳的阅读中寻找到一点自己的共鸣而对作品大加称扬的话，那么现在世界的书评界则干脆极尽吹捧之能事，对一部伟大的作品不惜用最假大空的赞美去推销。这根本不算是对一部伟大作品的尊重，也不是对作家的尊重。谦逊的巴别尔该如何承受那些个炮弹似的惊叹号！

当然，作为一个读者，我也不可能全面地去评价一个作家和他的作品。巴别尔有一句说纳博科夫的话甚合我心，他说纳博科夫写倒是挺会写，但基本没什么可写的。纳博科夫有的是没落贵族的那些细致的裙裾的花边，有的是魅暗的火，这就是他为什么早那么几年就在中国大兴其道的原因。中国的文艺青年们正需要这些琐细的描写和魅暗的火的熏烤。而巴别尔是一个红军战士，一个军旅诗人。曼德尔斯塔姆说他"有不加约束地审视自己生活和人们的好奇心"。就是这个没有被党性、政治、意识形态所洗脑的好奇心和观察，以及行文上毫不考究章法的率性记录、诗一样的激情，成就了他这个伟大的作家和作品。

我觉得巴别尔的写作方式和我们现在写博客的感觉差不多。《红色骑兵军》的特色不仅仅是简洁，还有粗野、粗鄙、神秘、神奇，修辞上让人隐隐嗅到波德莱尔"恶之花"那样的味道。强大的现实，充分的题材，并不需要时间去提炼分析取舍，只需要用天才的笔去记录描述，这不是貌似的随意（我现在常常担心用词上的词不达意，这个词不达意的意思乃是我们从众多相近的词汇中选择了一个自认为最准确的词，然而在阅读者那里仍然会被误读；可叹世界上没有一个词是准确的、没有第二个意思的），而是确确实实的随意，然而这种随意，又不能让人轻易地放过、轻易地承认。因为它们实在是太震撼了。

残雪的历程

1985 年，残雪发表了她的第一篇小说《黄泥街》。她并不认为能够立即得到发表，而后来竟然发表了，她认为完全是"沾了改革开放的光"。

那时，她正开着一个裁缝铺，还带了四五个学徒。铺子里不断有顾客进进出出，闹哄哄的，写作时间被分解得支离破碎，但她发现只要自己拿起笔，那一瞬间就感觉跟别人不一样，外界的工作根本不能干扰她。就这样，她从一个裁缝铺子里进入那无数个神奇的梦境。我们可以猜想，在她真正拿起笔之前，曾经有过怎样的阅读史和心灵的塑造史。

现在来看《黄泥街》，确实有着不少缺点，社会外在因素过分参与到小说内部，影响到小说"梦境"的纯粹性，致使"人间烟火的味道重一点"，意象也过于密集合繁复，语言上难以摆脱

"文青"式的抒情味道等等。尽管如此，这个小说仍然是太"超前"了。即使现在拿出来重读，也将是一次"可怕"的历程。

残雪是那种一开始写就成熟起来的作家。我们现在从《黄泥街》的内部结构的分析中会发现，她在第一部小说的创作中，就已经领悟到自己将要明确探索的东西——人的精神的本质。这个"目的物"的轮廓和脉络随着创作的不断前进而逐步清晰。残雪一方面执著于梦境的描述、潜意识的发动，一方面又执著于梦境的分析、理性的控制；一方面表现着灵魂的丑恶、境遇的荒诞，一方面又显示出批判和展示的力量，给人以美的激情；一方面带给人绝望、压抑和阴冷的阅读体验，一方面又流露出一个作家的幽默、诙谐和明亮。

她的小说来自心灵最黑暗的底层，因此也搅动起阅读者心灵的最深处。阅读残雪的小说，经常会有这种不同凡响的体验：小说中那些邪恶的力量，黑暗的对峙，神经质和强迫症的描摹，以及由此带来的叙述上的晦涩艰难，总会给阅读者的心灵带来一种折磨。常常是在阅读过程中，有什么东西开始在内心生根发芽，内心的压力和恐惧随着阅读的深入而持续加强；小说中描述的一切悄然"移位"，转移到读者内心深处。灵魂的对话、自我的拷问成了阅读者身体里面的动作，而阅读本身则成为一种自我的突围。用残雪的话说，那时候，读者会感到"自己活得是最充分的"。

　　残雪曾经对自己的写作过程有一个大致的划分。她认为早期的《黄泥街》、《山上的小屋》是创作的第一阶段，特点是人间烟火的味道较重，外部世界的干扰削弱了小说在灵魂内部的展开；第二阶段，包括《种在走廊上的苹果树》、《苍老的浮云》以及当时唯一的一部长篇《突围表演》，则是从外向里的挖掘，像旋风一样层层深入的旋到内部（灵魂最深处）去；第三阶段，从《痕》开始，专门集中在一种深层次的东西上，以艺术家本身的创作为题材，拷问艺术的本质，达到"纯文学"最理想的境界。目前应该是第四阶段，跟以前又有不同，主要表现在风格的转换上，《松明老师》、《鹰之歌》应该是这个时候的代表作，风格变得明朗朴素，但所探求的东西仍然是一贯的。残雪这种"阶段"式的划分方法，在我们看来，并不是一种时间性的关系；毋宁说这是作家对自我灵魂剖析的几个阶段，而表现在创作中，则会有一些反复和加深。

　　残雪所有的小说都在向着一个命题挺进，那就是不断地追问人的精神的本质，并用这种小说形式的本身来回答有关"艺术本质"的问题。精神的本质和艺术的本质在这里变成一个镜子的两面。但这就容易造成一种错觉，人们有时候很难分出她的小说与创作谈之间的分别。因为她的创作谈通常都是用小说的笔法来谈，有人物，有故事，但最终指向艺术的本质；而许多小说则又赤裸裸地表现艺术的创作过程，虽然在讲一个荒诞不经的故事，却分明又是在描述艺术的历史。小说《从未描述过的意境》和创作谈《奇异的木板房》就是这样的例子。二者都表达了相似的主题，但创作动机截然相反，形成互文的效果。

基于"艺术的本质"，残雪提出了全新的概念——"纯文学"。这也是她经常挂在嘴边的一个词。她所说的"纯文学"和几年前文学界掀起的所谓保护"纯文学"运动的提法有很大不同。后者更侧重在与通俗文学的区分上建立所谓"纯文学"的根基，提出了纯文学要讲究艺术性、形式感，而没有从纯文学的精神内核来立题。这种提法本身似乎已经将"纯文学"的力量弱化，以为"纯文学"是一种经不起折腾的易碎品，需要放在一个安全的地方才好。而残雪所说的"纯文学"大不一样，她意识中的纯文学乃是反映"艺术的本质"，是"精神的文学"、"人性的文学"，是强调灵魂自救、自我怀疑的文学。这个纯文学，应该有强大的激情和无与伦比的艺术感染力来支撑。这个全新概念的提出，使"纯文学"本身产生了力量，一下子强大起来，不再只是那种"划分势力范围"的妥协式区分。

除了小说的创作，残雪近年还一直进行着另外一种创作——解读大师。她似乎有一股雄心，要将那些对她产生过影响的前辈大师一个个全部"解决"了。到目前，她已经出版了有关卡夫卡、博尔赫斯、莎士比亚、鲁迅等人的解读作品，或者是系统的专著，或者是单篇文章的分析。而有关《神曲》的解读专著也将很快面世。由于她这种"残雪式的特殊解读"放弃了"多义性"的分叉式研究，而只专注到作品的灵魂内部去，专注到对艺术本质的还原过程中去，常常招来许多诟病。比如残雪在解读卡夫卡的时候，将"城堡"看作难以接近的真理的象征（在其他解读中，残雪也大多是这么干的），许多人都表示出不以为然，认为这是一种简单化的解读，"城堡"象征什么也比象征"真理"好。但残雪的迷人之处，正在于她对"真理"的分析。她并没有一味强调真理之为真理的正确性，同时也强调了真理"黑暗邪恶"的一面。城堡如同真理，而真理又是什么呢？当你先跟我跑个一万五千米，当你头晕目眩、两眼发黑的时候，你便有可能了解它的丰富性了。对于俗世众人来说，真理不只是高不可攀，而根本就是寒冰、黑暗和凶神恶煞。

残雪不仅解读前辈作家，力图与他们达成灵魂上的深层次认同，而且还在同辈人和年轻人身上寻找"同谋者"。她解读余华早期的作品，解读梁小斌的散文和一些年轻作者的小说，都是为着同样的目的。残雪是一个有"反骨"的作家，她不惮于在各种场合宣传自己的"纯文学"观念。从2002年开始，她接触网络，不断向各种文学网站投稿，和那里的网友聊天，讨论各种文学问题，并且还担任着新青年论坛的斑竹职务，一直和年轻人保持密切的联系。她坚信自己的读者在未来，"纯文学"的希望在未来。

残雪这一系列正在进行中的解读，可以理解为对一种共同传统的膜拜。从古希腊的神话、荷马史诗、《圣经》、《神曲》、塞万提斯、莎士比亚、浮士德到卡夫卡、博尔赫斯，西方传统中充满幻想精神、人性激情、灵魂自剖的这一支隐秘路线，如今延伸到残雪的脚下。她说："我的作品确实属于现代主义，但……现代主义是从古代发源的，文学的暗流一直存在着……我一直不自觉地吸取西方的营养，直到这几年才恍然大悟，原来我在用异国的武器对抗我们传统对我个性的入侵。"可见残雪对民族的传统是极为排斥的。她认为中国的幻想传统仅仅止于"触物伤情"，而远没有达到象征和隐喻的深度。残雪与生俱来的潜意识活性和梦境制造的天赋与西方幻想传统的遭遇，产生了"惊天动地"的效应。

残雪承认自己是靠发动潜意识来写作的小说家，但否认潜意识不受理性的控制。真正的潜意识诞生于高度的理性，残雪认为，西方哲学中的经典的核心的理性精神，和西方文学中的幻想传统是高度统一的。"有理性才有幻想，没有理性也没有幻想。""理性与幻想的统一是人性的基本结构"，"人性只要冲破理性的钳制就会发挥幻想，理性反弹出幻想。一般中国人理解为理性是消灭幻想的，其实作为人，高贵的是理性，理性才可反弹出幻想。"她自己都感到不可思议的梦幻和潜意识的喷涌，正是在"高度理性"的控制之下呈现在文本之中。由此可见，残雪并不是大家一般认为的"疯狂"、"神经质"、满嘴呓语妄言的作家，而是一个理性的作家，讲究自我的批判和怀疑。

在这里，我想重点谈一下《五香街》。

长篇小说《五香街》写于1988年，那时残雪刚刚成为一个专业作家。令人惊叹的是，十五年过去了，这个小说的出现仍然使文学界"震惊"，许多人仍然难以接受如此"超前"的创作。小说只是描写了在五香街发生的一次"莫须有的奸情"，写了一个特立独行的女士在一条街上引起的一场轩然大波。事件的陈述在小说里变成次要的东西，大篇大篇存在着的是，精彩绝伦的议论和推理，大言不惭的演讲和揣测，以及貌似严肃缜密的归纳和演绎。残雪以戏仿和反讽的语调将有关"性"的一切好话歹话、真话假话说了个痛快淋漓、干干净净，使读者忽略了整部小说的总体象征，而沉迷在滔滔不绝的语言狂欢之中。小说并不仅仅如评论家所言，只是将中国人的"性心理"来了一个"底朝天"的揭露，而更多的是嘲弄了"所有心理"，是又一次对各种"灵魂丑恶"的大展览。作家在这里面没有放过任何一种人，任何一种观念，任何一种理论，甚至对艺术的批判也不例外。

从某种意义上说（含有摹仿"残雪式解读"的意思），《五香街》其实是对当代艺术处境的一种分析和呈现，其间饱含了对各种虚假美学范式、文学观念的阴冷嘲笑。X女士可以被看作艺术的化身，她的遭遇，其实就是艺术的遭遇。当她特立独行、不与众人同流合污的时候，当她大搞"迷信活动"的时候，甚至当她发生"莫须有"奸情的时候，众人对她是抱以无限关注的，警惕、不满、嘲弄、意淫、偷窥、追随、恐惧不安、幸灾乐祸等等情绪和行为，充分反应了庸众对至高无上艺术的阴暗心态；不理解，不服气，不承认，不理会，但却不能不关注，不能不关心。而当X是不可战胜的，所谓的大众和精英们，只有通过拉拢、选举她为五香街的"代表"，才能达到"毁灭"她的目的。直到诱惑X上台去翻跟头，强迫她和别人照相合影，他们终于摆出一种满足的可鄙面目。而艺术化身的X（反而利用了这一点）终于懂得了怎样才能被遗忘（这是一个艺术家清醒的表现），于是不断地写"申请"（申请，在这里可以被认为是小道消息、花边新闻、劣质艺术品的象征）骚扰众人。骚扰加速了遗忘。这是X的聪明，但也是艺术的堕落。艺术或艺术家一旦对鸡毛蒜皮津津乐道的时候，就是它被遗忘的那一天了。那么，艺术就真的是这样堕落了么？绝对不是。X对大众的"骚扰"毋宁说是一种策略，真正的艺术家要做的只能是被人遗忘，而艺术在那时才可能得救。只有被遗忘的艺术家才有可能创造出不被遗忘的艺术。谁能说被遗忘的 X 女士不会再次做出"惊天动地"的事情来呢？

那么用"奸情"来隐喻"艺术"是否有些过分呢？这就好比残雪在剖析哈姆雷特时遇到的问题一样。邓晓芒先生在《艺术中的历史》一文中分析得好，哈姆雷特只有通过刺杀国王的手段来达到自我灵魂完善的目的，这样的手段是否过分呢？问题是"现实中恰好并不具有一种配得上理想的手段，任何手段都不能不污损理想的纯洁性"。"奸情"与别的所谓"业余文化生活"，"似乎并没有本质的不同，唯一的区别在于一个内心无法说出来的理想"。

残雪的玻璃杯

我们为残雪举行了一场聚会，但残雪本人并没有到场。

男人们将教室里的桌子搬开，坐在上面打扑克。我们一直打到凌晨的五点钟，外面依然黑沉沉的。我想这是冬天，若是夏天的话，五点钟天早该亮了；况且我又穿着厚厚的棉衣，更加确信这是冬天的聚会无疑了。我们早就忘记了残雪，甚至忘记为什么而聚会。这些从昨天下午就在一块喝酒作乐的人，也懒得去求证彼此是否真的认识。女人已经很少，她们大多早早走了。总是这样，女人在聚会上总是显得矜持和有教养，不到九点，便要退场回家，按照她们的说法，似乎是丈夫、孩子和需要擦洗的木地板在等着她们。事实上，谁都懒得点破。这里没有他们的情人，但她们又何必来这里呢？来这里的男人都无趣得很，没有一个记得要照顾女士，要懂得和女士调情，请女士跳舞。他们只会喝酒，打扑克，一点也不绅士。他们不懂得这些，天知道他们懂什么呢？他们似乎天生不需要女人，意识不到女人和他们之间有"性"的区别。他们将麻木当作自然，什么事情都不肯与女人让步；"公平竞争"是他们的准则，"LADY FIRST"根本没有听说过。他们以为在任何事情上与女人争个输赢先后，才是对女人的最大尊重。他们称女人为女人，事实上只是将之作为代号、名称称呼对方。残雪没来参加这个聚会，真是可惜极了。

我从牌桌上下来，到教室的后面休息。我看见一个女人坐在那里，仍然没有走。我很惊奇，但又不惊奇。我知道她是谁，我知道她等着我。虽然我们一个晚上一句话都没有说，但我们实际上已经在心里说了很多。我们分别多年，但心境和容貌一样都没有发生怎样的变化。她依然那样害羞，那样忧伤，但又显得从容不迫。我坐到她身边，依然不想说一句话。我想这样坐下去，直到黑沉沉的夜晚永远继续，没有尽头。我们之间隔了一把椅子，我想这把椅子是神奇的。我和她的灵魂已经共同坐在上面了。他们如胶似漆，情意绵绵，说不尽的离愁别绪，恩怨交加。我闭上眼睛，享受着无边无际的夜晚和忧愁。

她忽然站起身，要离开了。我才意识到整个晚上我们并没有说一句话。我开始后悔，我浪费了整整一个晚上。她一定是认为再坐下去也没有丝毫的指望了。她推开门走出去，我也跟了出去。我想我应该抓住最后的机会。

我们匆匆走在黑夜里，我仍然不知道应该说什么。我只是跟在她身后，我打算打车送她回家，或者就把她带到我的家里，我要在出租车上或者我的家里向她说出我想说的一切。但是我究竟想说什么呢？

我们已经走到马路上。黑洞洞的马路上异常寒冷，马路两边卖早点的摊子已经陆续摆好，开始生火做饭。这给冰冷的马路一点温馨的气氛。我觉得自己的肚子是有点饿了。马路上根本没有什么车。我和她站在路边等了很久，都要绝望了，盼望着天快一点亮起来。

远远地，好像有一辆出租车开过来，我是通过出租车标志性的顶灯判断的，于是我伸出了手。那车停在我面前。我还没怎么看清，她已经上车。当我也准备上车的时候，才发现这车已经没有空位。因为它只是一辆摩托车，根本不是小轿车。

摩托车重新发动，我开始慌张起来。

"你不能这样就走啊。"我喊道。

"怎么啦？"她搂住那骑人的腰。

"我想我应该送你回家才好。"我用袖口抹了抹鼻子。

"不用了，我一个人就可以。"她回过头，这时我终于看见她的脸。我发现我完全错了。这个女人我根本就不认识。我一整夜没敢看她的脸，就以为她就是那个人无疑了，没想到是这样的结果。我为自己自作多情懊悔不已，同时心里更加绝望：事隔多年，我竟然还在想着她，以至于把别人都当成她；又或者，她在漫长的等待中终于不堪忍受，她要变，于是就在这一刹那，变成另外一个我不认识的女人。她想通过这个方式让我后悔，使我绝望。

"你不应该这样对待我。"我说。

"你怎么了？"她问我的语气，仿佛真的认识我。

"我是说，你这样坐车，会很冷。不如我叫一辆出租车，送你回家。"我说。

"没事儿的，我不冷，有他给我挡风呢。"她拍了拍开车人宽厚的肩膀。那人回头向我看过来，表情茫然，不知所措的样子。我确信我并不认识这个女人。

"那么，再见吧。"我说。

车子一溜烟地跑了。

我站在马路边，黑夜仍然没有消散。两边小吃摊的炉火散发出红红的火光，有的小吃摊上甚至点了蜡烛和电灯。我决定在这里吃一点东西，回家睡上一天的觉。我感到胃里发冷。手里握着一个东西，向对面的小吃摊走去。我相信那个小吃摊更干净一些，做的饭也更合我的胃口。

我拣了一张小桌坐下。这时对面摊子的老头嚎叫起来,看样子是冲我来的。"还我的勺子!你拿走我的勺子有什么用呢?"我才看见手里握着一只长把的漏勺。"它又不是你的玩具,你拿走有什么用呢?"我想我怎么会拿他的铁勺?百思不得其解,但总得归还他。我把铁勺向他投掷过去,他在半空中接住,借着炉子里的火光,仔细鉴别了一下,看还是不是他的那一把。"没错,你没调包,我相信你还没来得及。哼哼,我的漏勺可不是一般的漏勺。"

　　我没有再理会他的嘟囔,而是向这边的老板娘要了早餐。我想吃油条喝豆浆。老太太答应着,但却趴在餐车上一动不动。我等得不耐烦了,就催她。她却比我还焦躁:"你总得让我生起火来吧。"事实上,她炉子里的火比任何人的都要旺。但她为什么找这个站不住脚的借口呢。我只好任她如此,耐心等待。

　　这时,一个身穿黄大衣的女人在另一个小桌上蠕动起来。她神秘地趴在那里,疲倦极了。她的存在似乎无比突然,我根本就没注意身边有一个人。她的军大衣使我很难判断她的身份。她忽然又一动不动,好像冻僵了一样。我于是咳嗽了一下,试探她是否还活着。

　　果然,她回过头来,向我笑了。

　　她这一笑,我认出来了:这不是残雪么?

"您怎么在这里?"我问她。

"哦,我太累了。"

"您忘了我们为您准备的聚会了么?"

"嗯,只是我太忙了,没时间。"她这样回答,并没有傲慢的意思,但也没有表示抱歉,"你们玩得还好吧?"她问我。

"是的,我都忘记玩了什么。"

我们这样交谈了几句,她就离开那张桌子,而到我的小桌上来。她没有坐到凳子上,而是盘起双腿,坐在我的桌面上。我发现残雪还穿着布裙,双腿裸露,冻得通红,但她没有用军大衣遮盖双腿。

"您不觉得冷吗?"

"还可以,我只是太疲倦了。"她回答着我的话。从她的脸色看,并没有疲倦的神态。忽然之间,对话出现了变化,我停止提问,而改由她来提问我,我只有一字一句认真回答着。我忽然意识到这是一个梦,我想我不能再提问了,根据以往的经验,每当我对一个人感兴趣,向他(她)提问时,必定得不到任何回答,就会醒来。我决定延长这个梦境,任由她没完没了地说下去。她并不是和我说话,而是自言自语,但我听着句句是在评价一个人。我想,那个人,就是我。时间不多了,我预感到自己就要醒来,我必须抓住最后的机会,向她提问几个问题。我突然不担心我能不能得到答案了。

"还记得上次的事情吗？我和别的人，开着车在街上乱撞，然后就遇到你。你上了我们的车。忽然你提出来要给我们讲课。我们很兴奋地答应了。我们开着车到处找可以讲课的地方。我们在城市里竟然找不到一间可以使用的教室。然后我们开车到乡下去。开到一间农舍旁边。你下车，找那里的主人商量借房子讲课的事情。那个农夫竟然答应了。他带领我们进了他的院子，指引我们到一间房子里去。他推开门，里面立刻飞出一只白鹅，屋地里全是稻草。我们走进去，里面充满了粪便的味道，一些鸭子趴在草堆里，呀呀乱叫。主人将我们全部推进屋里，从外面锁上房门。我们抗议了，而那主人却说：我是在保护你们不受那只白鹅的袭击，不受狗的骚扰。然而我们并没有听到你讲课，你只是从口袋里拿出一个东西让我们看。那是一个玻璃杯——"我没想到自己一口气说了这么多。

"玻璃杯？我有玻璃杯吗？我不记得我有一个玻璃杯。"她被我说得迷惑了，但并没有努力回忆。她似乎相信我说的一切。

"您很忙吗？"我继续问下去。

"很忙，我一天二十四小时的忙，但仍然不能满足。"

"满足什么？"

"生活的需求，我总得活下去啊。"

"您是怎么知道猪狗不如这个网站的？您为什么要向那里投稿呢？是不是觉得它做得很有意思？"我忽然问了一个傻到家的问题。

"完全不是，"她使劲摇头，"我只是缺钱花，我需要钱。"

"您现在二十四小时工作也是为了挣钱？"

"是的，我要写作，必须要挣钱吃饭，必须奔波。"

"你住在哪里？"又轮到她提问了。

"我住在电影厂。"

"是不是堆了很多钢管的那个院子？"

"是的。"

"是不是有一座很高的楼的院子？"

"没有，那院子只有一座三层的小楼。"

"对，我说的就是那座楼。"

"但是它只有三层啊，不是很高。"

"不，那是你的错觉，它虽然只有三层，但实际上已经很高。我最近在想，如果有可能，我也要演电影，但总是没有合适的角色。我天天去那里看剧本，看到最后，我决定自己写一个了。"

"您为什么要演电影？"

"我需要钱。为了挣钱，我需要同时做几份工作。"

"那么，您现在的主要工作是什么呢？"

"哦，我在一个图书馆里，但不是图书管理员。我只负责搬运那些书，用一种小车，把书从一间屋子推到另一间屋子，然后摆到书架上。我从来不看那些书，不是没时间，是我从来不看。你知道我看什么吗？"

　　"不知道。"我连想都没想，就摇了摇头。

　　"我看一只杯子，一只玻璃杯。我将它放在我的办公桌上，反复观察。我从不用它喝水，也不用它盛放任何东西。我观察它，每天都有新的发现。"

　　"您看到了什么？"

　　"我发现玻璃杯是透明的，比世界上任何玻璃杯都要晶莹剔透。但它不是普通的玻璃杯，它盛满了所有的时间，而空间由我来创造。"她说。

　　我的肚子再次强烈地感受到饥饿，来不及听残雪详细讲述她的玻璃杯，而是向那个老板娘催我的早餐。老板娘焦虑极了，她已经将做好的油条在所有的桌子上摆成一个个小山包，但所有的油条都被冻住了。她愤怒地向我说道："你得等我将这些油条化开冻之后才能给你吃啊，不然，你总不能像吃钢筋一样啃它们吧。"她的炉子烧得正旺，油在锅里沸腾着，豆浆也在另一口锅里沸腾。但我就是吃不到我的早餐。

永恒之女性，引我们飞升

　　《黄真伊》写的是朝鲜历史上一位有名的妓女，是以其为原型，创作的一部涵盖了古代朝鲜风俗文化史的爱情小说。很难想象这样一部小说是出自一个朝鲜作家之手，而这位朝鲜作家也凭借这部小说，获得了韩国的万海文学大奖。这个奖项是韩国最高文学大奖，级别上大概跟我国的茅盾文学奖差不多。作者洪锡中是第一个获此殊荣的朝鲜作家。

　　这位洪锡中先生，出生于汉城（今首尔），1948年随祖父逃往朝鲜。他的祖父也是一个作家，从他逃往朝鲜的经历和后来做过朝鲜政府副首相的从政经历看，毫无疑问还是一个无产阶级革命作家。不知道他的文学地位是否也和我国的郭沫若、茅盾等人相类。

　　在这种革命家庭成长起来的洪锡中居然写出《黄真伊》这样

的文学作品，看起来颇为奇怪，其实如果拿我国从红色家庭里走出来的当代艺术家一做类比就很好理解了。首先是叛逆，其次是有充分的条件（家世、家学、家庭的政治地位、经济条件所带来的阅读和学习的便利）来从事这种叛逆。

世界上多数的文学大师，恐怕都不是出身于一穷二白的农民家庭或者无产者，最起码也是破落的地主家庭、没落的贵族、小资产阶级、中产阶级等等，大多数的无产阶级革命作家，其家庭也很少是无产者。即便是像赵树理这样的纯粹从农民堆里爬出来的作家，他的父亲还是有钱供养他到外面去念书的。

历史上的黄真伊，是朝鲜历史上一代传奇"艺伎"。她的诗入选了韩国中学课本，是韩国家喻户晓的人物。不知道是韩国实在是没有什么文化，居然把一个妓女的诗选入课本，还是我们中国实在是太有文化，从来没在教科书中提及过薛涛的诗、严蕊的词，这些美女作家即便是在大学中文系的古典文学科目里也是找不到踪迹的。而在《黄真伊》一书的开头，就用了严蕊的那首《卜算子》作为全书的题记，可见这些中国妓女诗人至少在韩国或者朝鲜还是有知音的。

历史上黄真伊的爱情和小说里有所不同。她曾经有过三段比较著名的爱情，第一个爱人，或者更确切的说是客人，是一个地方官员，曾带她到处旅行，增广见闻。第二个爱人是一个书生，应当是她的梦中情人吧。书生要进京赶考，相约五年后再见，只是功成名就之后，书生只能娶她做妾，被她拒绝了。第三个情人是一个著名的花花公子，号称永远不会在某一个女人身边停留超过一个月，结果却被黄真伊的魅力彻底征服。这也使黄真伊艳声大震，但就在这时，她却突然停止了自己的艺伎生涯，云游四方，不知所终。

在小说《黄真伊》中，她只有一个深爱的人，只是这份爱是那么曲折隐晦，以至于连她自己都没有意识到，直到小说临近结束，她才明白，原来自己深爱的并非是从未谋面的、已经解除了婚约的未婚夫，而是和自己从小一起玩到大的家仆阿鬼。

他俩的爱情有点像《呼啸山庄》中的凯瑟琳和希斯克厉夫，两个人彼此之间有爱有恨，却最终没有走到一起。阿鬼的确有希斯克厉夫一样的叛逆性格、征服欲和责任感，他小时候从黄家出走，然后又强势回归，都是因为黄真伊。他为了爱情不惜揭破所爱之人的身世，迫使她流落为妓女，后来又因为这种负罪感而终生忏悔。但黄真伊却有和凯瑟琳完全不一样的性格和命运，她原本是一贵族小姐，后来身世之谜被揭破，毅然走上妓女的道路。这样一种选择，看上去是悲观落魄的，但在完成其人性的圆满上，更像是一种解放，一种可以达到人性解脱和自足的生命追求。

我们在小说的开头可以看到，作为满腹诗书的贵族小姐黄真伊，对自己未来嫁入另一豪门做贵妇人的命运是充满了迷惘的。她并不想重复这种女人不能摆脱的命运，因为她意识到自己的青春和灵魂是如此可贵，"明月低悬山中"的自然意趣和生命意趣是如此可贵，自己对这自然与生命的非凡感悟力又是如此可贵，而这一切又那么短暂易失，不可停留，因此正处在一种青春的"甜蜜忧愁"期。可以想见，如果没有那个身世之谜的揭破，她也难以有正当的理由去改变那种无聊的命运，而阿鬼的告密无形中帮助了她，虽然代价沉重，却可以既无退路又无负担地去追求人性的自由、灵魂的高蹈。她借这条无奈的道路，完成了一个女人人性的救赎和价值实现。世间少了一位天真烂漫的贵族少女，多了一个民间奇女子，一个才华横溢的女诗人。

小说巧妙地将她与从未谋面的未婚夫的独白和倾诉穿插于正文叙述中间。这些独白和倾诉直观地表现出黄真伊如何从一个纯真浪漫的贵族少女转变为一个虽身堕风尘却矢志坚贞的民间奇女的过程。这些独白的巧妙之处还在于，直到小说最后，她才发现原来自己爱的并不是那个素未谋面的未婚夫，而是陷害了自己的仆人阿鬼。小说在写到她去监狱探视行将赴死的阿鬼时，碰到同样被捉入监狱的未婚夫，当然她自己是不知道的，作者在这里却强行加入了一段令人信服的议论：假如黄真伊意识到这个人就是自己半生为之倾诉的对象，也"只会感到苦涩的绝望，不可能再有星星点点的同情，因为阿鬼的身影充满了真伊的内心，那么强烈，那么神圣，那么势不可挡"。

小说里的黄真伊就像是朝鲜时代社会风俗的试金石，她以她的亲身经历，见证和揭露了那个社会的方方面面：伪善的道学家，欺世盗名的僧侣，阴险虚伪的官员，坚贞守道的儒者，男盗女娼的上层生活，戏谑诙谐的下层风俗，当然也有纯真烂漫的爱情，有痛苦无地的忏悔。在小说的结尾，黄真伊通过自己的努力为阿鬼报仇之后，便放浪山水，寄情自然。作者在小说里给予一个古典女性一种现代意识的解读，既是一种大胆创造，同时也是一种还原：也许，黄真伊，真的就是这样一个拥有自由灵魂意识的伟大女性。

"永恒之女性，引领我们飞升！"

小说文笔优美，古典气息浓郁，抒情与唯美的句子俯拾皆是，可以说是一部典型的具有东方古典韵味的小说。尤其是小说里对自然风景的描摹，已经是当代作家都已经厌弃的写法，但在这个小说里重新焕发出自然神奇的魅力。

小说家唯阿曾说："中国作家早就丧失了描述自然的兴趣和能力了，而他们培养的读者，遇到这些内容则无一例外会跳读。"这本小说传统风物描写的笔法，似乎在补充印证着唯阿的话，中国作家所丧失的，在朝鲜作家那里还一息尚存。翻译者薛舟徐丽红夫妇都是年轻一代的优秀诗人和艺术家，他们的翻译不但最大程度还原了原作的语言魅力，似乎也可以看作是对汉语文学古典美的一种"招魂"吧。

罗布-格里耶的知道分子

　　总共没读过几本书，阿兰·罗布-格里耶的书读得更少，但这不妨碍我知道他。我知道他的每一部作品在中国都有翻译，他的名气在中国比在法国要大，罗布-格里耶这个名字已经是一个名牌，他和法国香水、法国大餐一样让人记忆深刻，在中国，都快成"法国三宝"了。既然如此，为什么他的小说，我反而会读得那么少呢？我想，要么是我无知，要么，是我知道的太多了。

　　我确实知道的太多了！罗布-格里耶的小说，我能和许多他的中国粉丝一样，随口说出一个名字，但也仅仅是名字。不好意思：《橡皮》，没看过；《嫉妒》，没看过；《窥视者》，没看过；著名的电影《去年在马里昂巴德》，没看过。《金姑娘》，购买过；《幽灵城市》，购买过，大约是1998年，大概是读过，后来忘记了。《反复》，我购买过，也读过，因为时间较近，还有点印象。

127

据说其最后一部作品是八十五岁时写的《伤感小说》，因为里面有大量恋童癖的色情描写，招致了广泛的批评，被认为是晚节不保的一个象征。可惜就连这个，我也没读过。这很可能是老罗所有作品中，我最想读的一本书，恰恰是因为这种八卦式的文学书讯刺激了我那卑劣的阅读欲。

是的，对于罗布-格里耶，我是个典型的知道分子。既然如此，又凭什么要在这里谈论一位大师呢？大概就是因为我和他不熟吧。不熟就是不了解；不熟就是知道一点，但未必有感情。没有感情而又不了解，正好可以胡说八道。我对格里耶老先生是没有什么感情的，不像那些创造了中国先锋小说历史的作家们，他们很有一批人，把老罗当成了精神之父。说到这里，我就觉得自己很可悲，因为在我还不知道罗布-格里耶的时候，就已经读了太多中国的先锋小说，对中国的先锋作家比对老罗有感情多了，但也仅仅是日久生情的那点情，再也没别的，更何况那时有些用情过度，早有些犯恶心。

我对老罗没感情，这倒很符合他一贯"物本主义"的创作理念，我觉得不妨用一种"物本主义"的姿态来表达一个知道分子对他的纪念。老罗的伟大恰恰就在于，他和这个世界一样，"既不是有意义的，也不是荒谬的，它存在着，如此而已"。也只有这样看待，老罗才是"一个更实在的、更直观的"老罗。我们于是可以"不带任何感情色彩，客观地、冷静地、准确地"纪念他。于是，我们的纪念，也不再是纪念一个大师的死亡，而是一种纪念本身的死亡。

进而言之，对于众多罗布-格里耶的知道分子，不必因为知道这个人而感到骄傲，感到悲伤，感到有从尘封的书架上拿一本他的书读的必要；对于不知道罗布-格里耶的人，也不用因此而自卑。我们的知识生活里完全可以没有罗布-格里耶，没问题的，甚至连法国"新小说"也可以没听说过。不知道罗布-格里耶，不会耽误你爱好文学，你也十分有可能写出不错的小说。他是上一代写作者的精神之父，未必是下一代的。我们可以不谈论这个人，在他活了八十六岁才死去的时候，我们可以不知道他曾经存在于这个世界上。

据说罗布-格里耶非常喜欢中国，曾经三次来过这个"世界尽头"的国度。2005年，当他最后一次来到中国时，八十三岁的他，特地去了他所心仪的江南，他在致中国读者的信中曾经写道："我喜欢中国南方。我愿意在梦中去那里漫游，坐在一头懒洋洋的黑色水牛上，它最后完全睡着了，而它那梦游者般的沉重、缓慢、颠簸着的移动却没有中断。不久，它也进入了梦中。它想象水波荡漾着它的睡意……"他没有坐在水牛上，而是坐在一条孤舟里，披着围巾，托着他生满整齐的胡须的下巴，做出一种沉思与回忆的姿态，而这个姿态，说真的，在我看来，真的一点也不纯物质，也不那么纯客观。这个感情色彩的拒斥者，完完全全被自己的感情所征服了，而终于在脸上表现出它应有的色彩。

这就是他想象的中国，他那充满感情色彩的沉湎印证了这个想象。他的想象与中国作家对他的阅读和想象是一样的，都获得了自己想要并且愿意沉湎其中的那部分。

像一列火车那样

火车将我们带到别处，为我们带来远方。

诗人燕窝在她的《颂歌》里唱道："火车把我们带到/甜蜜的远方，喝酒，唱歌/进入一些人的身体，来到更多岔路口"；另一个诗人秦晓宇则说："飞驰的列车带来近在咫尺的远方。"一个"带到"，一个"带来"，视角虽则不同，但却很明确地证实了"火车"与"远方"非同寻常的关系。

每一个少年的心中，几乎都装着一个远方。而每一个在心中应和着远方召唤的少年，当他沿着野地里的铁轨线漫无目的走下去的时候，都会产生这样的想象：他要一个人，背上行囊，乘坐火车旅行，去一个遥远的地方。那个地方叫什么名字不重要，在哪里不重要，有多遥远不重要，重要的是它在那里，等着他的抵达，等着他将它命名；他将在那里遇到很多陌生人，将会跟他们交谈，喝酒，做朋友，然后忘记回来的路途，那将是一趟有去无回的火车……

在古代，能与"远方"拉近关系的，也许只有马而已："饮马渡秋水，水寒风似刀"，"沙尘扑马汗，雾露凝貂裘"，这种远方与马的关系，一直延续到海子"远方除了遥远一无所有"、"我把这远方的远归还草原……只身打马过草原"这些诗句才有了暂时打住的迹象。现代诗人中，多数是像燕窝和秦晓宇这些不再有马骑，而习惯乘坐火车旅行，并深受火车文化熏陶的诗人。在他们心里，远方不再是一个外在的物理距离上的某地，而内化为一种"心理之远"。在他们有关旅行的诗作中，写火车的句子比比皆是：

孤独："深夜的旷野/两列火车一闪而过的瞬间/我看见对面火车上/那个站在车门旁抽烟的人/夜色中/他也肯定看见了我/他和我有同一张脸/同一种脸上的表情"（岩鹰《深夜火车》）

乡愁："火车更像逝水、黝黑的闪电，或久久移向沉思的村庄/无论枕木沧桑，还是铁轨锃亮的少年表情/都与天涯为邻，钉在这里/钉在故乡与他乡的结合部"（秦晓宇《绝句》）

感伤："而火车已很旧了，/每一站又老去一次。"（孙磊《旅行》）

神往："旷地里的那列火车/不断向前/它走着/像一列火车那

样"（于小韦《火车》）

苦闷："在这趟习惯了晚点的火车上/看过的风景/将会重新看到/错过的旅行/又将再次错过"（流马《火车病人》）

羁旅："饥饿的列车奔驰在铁轨上，经过一个又一个有名或无名小站/那些似曾相识的面庞，熔化后消失在昏黄的站台。"（汤凌《饥饿的列车》）

奔波："火车擒住轨，在黑夜里奔/过山，过水，过陈死人的坟/过桥，听钢骨牛喘似的叫/过荒野，过门户破烂的庙……过冰清的小站，上下没有客/月台袒露着肚子，象是罪恶"（徐志摩《火车擒住轨》）

徐志摩，一个擅长柔媚抒情，习惯赞赏光明、智慧和永恒之美的诗人也不禁发出对命运的牢骚："说什么光明，智慧永恒的美/彼此同是在一条线上受罪/就差你我的寿数比他们强/这玩艺反正是一片糊涂账。"生活的艰辛最终取代了爱情的甜蜜。火车在徐志摩的诗里是急促、迅疾甚至带着些罪恶的东西，这是他后半生颠簸命运的象征。

比利时超现实主义画家保罗·德尔沃被世人称为"火车画家"。他画有大量以火车、车站和少女为题材的作品。在这些超现实主义的、梦幻色彩浓郁的画作中，火车通常都作为一种神秘、孤独、不可知事物的象征而存在。德尔沃从小就喜欢火车，他认为自己画火车是出于一种怀旧情绪，他描绘的是自己童年时期的火车。他小时候的梦想甚至是要当一个火车站站长。火车是神秘的，火车站站长的职业也许更神秘。在那幅著名的《夜警》中，在暗夜中逡巡的火车站站警手提马灯，孤零零面向火车，留给画面一个肃然的背影，同样留给观画者的，则是一个肃然的谜。

火车是现代社会中最重要的一个文学意象，其地位堪与古典文学中的月亮相比拟。诗人们对火车的吟咏和偏爱不亚于古人对月亮。许多曾经和月亮相关联的情愫都被现代诗人慢慢分担到火车上面，比如：羁旅、乡愁、爱情、孤独等等。但这并非说月亮就不够现代化，相反，现代诗中的月亮又被赋予许多全新的修辞功能，比如诗人胡续冬在巴西时写的《月亮》一诗，就别具一格："月亮里的大部分配件我都已经/非常熟悉了。我经常一个人在阳台上/把大半个月亮拆卸下来，组装成/一个机器猫，让它帮我备课、写专栏……"就完全是一只可以拆卸的现代化月亮，仅仅在诗的末尾，才隐约抖露出一点身在异乡的孤独："紧紧闭上双眼，它却从两只眼睛里同时/爬了出来，像毛毛虫爬过我的脸，最后/在我的枕头上尿出一片十五的月圆。"一个和现代月亮有关的现代乡愁。

"从北京到鲁地，坐快车只要七个小时，但是我决定在齐下。

齐那里有汽车可以到鲁地。那是我十八岁时候的事情,我买了一张去齐的票,这张票将使我半夜三点来到齐,然后在那里等到天亮。"这是新锐作家刘丽朵小说《火车》的开头。一个看似平淡无奇的开头,却拉开了一个少女在火车上来回奔跑的"烈火青春"的序幕。

每个人都有自己的火车故事。

火车进站,火车出站,火车高速飞驰,火车奔向远方……

我们乘坐火车,去某个未知或已知的地方。离别的人认为火车带来的是伤感,远在他乡的人则认为火车是乡愁,归来的人认为火车是一把快速射出的弓箭。

有的人喜欢乘坐早班火车赶往异地,也有的人迷恋于火车中途的停顿和晚点。怀旧的人喜欢儿时乘坐过的快乐老火车;冒险的人则喜欢乘坐崭新的奇幻列车去旅行;生活在未来世界的人们,乘坐作为程序的火车,从一个程序到另一个程序,去完成自己作为一个程序的使命。

火车有复杂多变的颜色,火车开往世界各地,开往任何季节,开往时间的反面,开往另一个空间。火车上有爱情,有仇恨,有不可索解的谜团,有难以启齿的孤独。

火车是机器,机器为何如此多情:向往、思念、失落、兴奋、满足、孤独、绝望、期待、迷惘……人类有的,它也有……

火车是如此地迷人，又让人如此迷惑，它究竟还有多少我们还不知道的可能性？

写作风水学

　　今天看一本时尚杂志，里面说卧室家具的摆放也要讲究风水。比如床头朝哪个方向摆放，床是否冲门，床底是否塞东西，卧室的颜色有几种，主色调是什么，穿什么颜色的内衣入睡，都很有讲究的。

　　我研究了半天，越研究越觉得有道理。我觉得这和我上周刚刚挪动书房家具位置的行动有些不谋而合。我的书房是个坐北朝南的长方形。南北长，东西窄。门开在西墙的北端（也就是朝西开）；南面则是阳台（阳台与书房由推拉门间隔）。以前，我的摆放格局是床头靠北墙，顺东墙摆放，正好冲着门，而书房门又和洗手间门相对，气息相通，这已经是风水不好的大伏笔。在床尾，顺东墙摆放的是我的电脑桌。而书架则在电脑桌的对面，也就是顺着西墙摆放。这样一来，在房子的中间地带，就毫无阻碍地闪出了一条从客厅通向阳台的通衢大道。书房不再是一个独立的房间，变成一个过渡性的东西，好像古建筑中的抄手游廊；从私人空间变成了公共空间。而且当我面对电脑写作的时候，是背对着书架，取用一些书时需要从座位上站起，越过中间空地，到达书架取书；这不但十分不便，而且明显形成了与书"背道而驰"的暗喻。这样写下去，是不会有好下场的。果然，报应立刻就来了。搬家一年多，在这间屋子里，这样的家具摆放所形成的风水中，我没有写过一篇像样的东西。

就在上周，我做出改变家具方位的决定，让床和书架换个位置。书架靠北墙而立，电脑桌紧挨书架靠在东墙；而床头靠西墙，东西向摆放。这样就把长方形的书房用床的横断分割成两个方形区域；尤其在床和书架之间，形成一个奇妙的对称空间，无论是坐在电脑前面，还是躺在床上，都令人神清气爽。床的另一个作用是割断了原来从客厅通向阳台的通衢大道；再有人想从客厅去阳台，经过床的时候，必要小心翼翼，因为在床尾和东墙之间，只有一个狭窄的小过道。不过，我一般是不走那个小过道的，我通常都是从床上翻过去。这样一弄，风水效果立刻显现了。拖了多半年没写完的小说立刻有了一个很棒的结尾。

为什么会有这么大的改变呢？我通过仔细研究和实践总结，认识到书房是一个讲究相对封闭的空间，这个空间要求能"存留"住一种东西，而不是敞开式的、穿堂风一样的"流散"。我以前的家具摆放正好形成了一种毫无阻碍的"流散"的风水形态，因此在心理上就始终没有一种稳定和平心静气的感觉，感觉到一种在流散中失去根基的焦虑。现在的摆放解决了这个问题。床对于长方形居室的横断，实在是一种很好的阻隔效应，立刻使那种"流散"的感觉消失，"存留"的效应显现出来。正方形比之长方形，能给人以稳定感和封闭式的安全感。写作也许需要这种感觉。

不足的是，现在是电脑桌代替了床冲着房门。如果我在电脑前写作，必定是背对着门。而门，还是给人以不安全的感觉。你坐在电脑前，往往会感到如芒在背，不得不看一下门到底关严没有；如果门是敞开的，就会心绪不宁。但即使门关得死死的，还是会担心有神秘人悄无声息地站在你身后，看你打在电脑上的每一个字符。如果是深夜，突然回头，往往毛骨悚然。不过，这对写作而言，不能算坏处；它也许是一种更好的刺激。有绝对安全感的写作总是不太有吸引力。

失败学

　　我的生活经历乏善可陈，近似于枯燥。这样说包含了多种可能：我的生活经历确实如此；我的生活经历并非如此，是回忆造成这种假象；我的回忆之所以如此，是因为现状如此；现状如此，是因为人的精神状态如此。

　　我现在近似于枯燥，干瘪，疲软，没有了回忆的动力和激情，也就不会使回忆的一切看上去色彩艳丽，意趣盎然，好比一架加了滤光镜的镜头拍摄下的画面，总有一层土黄色的调子，有些衰败，有些脏。可谁又愿意呈现给世界自己一个衰败的景象呢？谁也不愿意倾听一个衰败的人的讲述，这对健康和好心情都无益。

　　人们愿意看到的是桃李春风、花红柳绿，而不是江湖夜雨、萧瑟荒寒。人们热衷的是成功学，而不是失败学。而我所要做的实在是反其道而行之，向人们讲述一门新型的学问——失败学。

对于这个新型学科，感兴趣的人一定是屈指可数的吧。我所讲述的失败并不是成功的父亲或者母亲，也不是他的兄弟姐妹。我所讲述的失败与成功无任何亲缘关系。我的失败学也不是一种有关策略的学问。它的要义在于如何完成一次近乎完美的失败。

失败学的两大理论基础是悲观主义和虚无主义。失败学的研究方法是体验、暗示、想象、做梦、顿悟、占卜术、星象术、采阴术、《周易》八卦推演术以及所有荒诞不经的秘密修炼方法。失败学的目的在于呈现存在的失败及其审美。审美乃是存在的唯一理由，而"存在的失败"的审美乃是失败学的唯一理由。什么是存在的失败？存在是否乃有成功？存在是否乃所谓"意志"的代称，还是研究者张冠李戴的错用？这些问题都将让其在最终"命名的失败"中得到证明和解释。

简而言之，失败学的实践者就是要用一生完成一次完美的失败。失败的形式就是审美或者艺术。

艺术服毒

　　现在许多作家的焦虑仍都在于如何创造一个值得阐释的文本，这就是阐释和过度阐释破坏写作生态平衡的最直接恶果。一种滚雪球似的恶性循环。

　　文本好比农作物上的害虫，"阐释"牌农药对其杀之不尽，而害虫的抗药性免疫力相应在增加，体内的抗体改变着害虫自身生理结构和平衡，为了生存，许多害虫在"抗阐释"和"经得起阐释"上的功力大增，致使"阐释"牌农药只有不断加大药力和药性浓度，也就是"过度阐释"，从而，更晦涩和变态的"过度抗阐释"害虫出现了，不但蚕食农作物，更蚕食跟不上"抗阐释"进化的同类。晦涩害虫和变态害虫大行其道，终于和"阐释"、"过度阐释"结盟通奸，一个愿打，一个愿挨，合谋掌握了整个生态的控制权、话语权、生存权。而反对阐释的害虫因为本身缺乏对"阐释"和"过度阐释"的免疫力，终于被"阐释"毒死。常年在阐释毒雾的笼罩之下，生存本能强烈的害虫不可能不被阐释，反对阐释、拒绝进化只有死路一条。从此，在农作物的叶片上，再也找不到一条无公害无毒副作用的绿色害虫了。

所以说当代艺术已经没有了"感觉"，当代艺术的触角濒于萎缩，再也没有一种新鲜事物引起它最原始的冲动和兴奋，再也没有一片叶子让它立刻产生啮咬的冲动。害虫的新的食物不再是农作物的叶子，而是"阐释"牌毒药。所以说当代艺术其实是一门正在服毒自杀而偏偏死而不僵的艺术。大部分害虫在慢性的服毒自杀过程中会沉浸在对沉淀在基因和梦境中的某种原始情绪的怀念之中，然而这些朦朦胧胧的原始情绪也不过是些符号、概念或幻影。偶尔有一两只未服毒的害虫在啮咬一片侥幸没有沾染毒素的叶片，并为此美味喊出最甜美的赞叹。

梦与幻觉

1

两个人走了很长很长的路，都困了。他们跌倒在草原上，响起鼾声，像有两只鼓在敲。

有一个睡醒了，看见昏昏的月色。他又看看那个沉睡的人，那个人大张着一张嘴。

有一个小人从大嘴的额头上站起来。它有拇指大小。它在光滑的额头上跳舞，不小心从鬓角滑下来，顺着耳轮跌在草丛中，不见了。草原真是一座森林。草影摇晃，月光稀落。它绕过一棵棵细草，向前走，但没有方向。它悠闲，却不担心迷路。又蹦又跳，像只兔子。碰到一条水沟，过不去，就拖一根草棒，横搁在上面。小沟对岸有棵高草，结着串串葡萄一样的果子。它想摘果子，跳来跳去摘不到；往回走，越过小沟，爬上那人的耳轮，消失在额头。

往返五六次。

当小人最后一次渡过水沟的时候，醒来的人藏起了那根草棒。小人满载而归，桥却不见了。慌张，寻找，脸上满是愤怒和绝望。那人重又将草棒放上，小人欢欣，跳跃，回到大嘴的额头，消失。

大嘴醒了。他说他做的梦很可怕。他梦见自己穿越黑色的森林，渡过急湍奔流的大河，去摘树上摘也摘不完的花生，可是等满载而归时大河把桥冲垮了，自己没法过河回家，悲伤恐怖，恨不能立刻醒来。

"但最后你还是过河了，对吗？"

"是的，我相信是神保佑我。"

2

吸毒者凭借注射针头维持生命，享受幻觉；攥着大把的钞票向女人疯狂地投掷，将生命和时间挥霍个精光。目光逡巡，希望灵光乍现。在风雪飘荡的夜间，驾驶黑色跑车，高速行驶在盘山公路，灵光乍现的刹那，跑车猛烈地撞击山崖或者翻向幽谷。或者故意让车头狠狠地向山崖、大树、栅栏上撞，车翻了，人仍在跑，追上翻飞的蝴蝶一般的跑车，继续跑，以自杀的速度换取极致的欢乐。

3

我不知道你是否相信幻象是真实的。它既真实地时刻呈现于脑海和眼前，也真实地粘贴在现实的平面上，使我们越来越相信鬼魂或上帝的存在。我们完全可以想象，一个完全由单调的"物质"、"元素"组成的世界是多么地不可想象。人的幻觉、人的梦证明了唯物主义的荒诞性。你完全可以从自我的经历与体验中获得真理。

你常常在行走中，在宴饮中，在行乐中，心神一度恍惚，发觉你眼前的一刻似曾相识。你或许认为是时钟倒转，使你重复了这个动作，重历了这个场景，你百思不得其解。其实这太简单了，幻觉告诉你，你的存在不是唯一的、单向的，你可能有多种存在形式，只是因为在普遍的物理时空中你看不到他们，但能感觉到他们。你认为那是你的灵魂，其实那只是另一个你。他在另类空间中实现你舍弃的选择。只有上帝和魔鬼知道他们。

你第一次去一座山旅游，当你踏上山阶第一步时你忽然发现原来你来过这个地方，那是许久前的一个梦。你已经非常清楚前面的路和风景。你和另一个你重合了。你们来到相同的地方，却有着不同的感觉。有着不同的感觉，却受了相同的指引。生命因此而绽开，也因此而枯萎。绽开是媚人的，而枯萎是美丽的。当你绽开的时候，另一个你是枯萎的；当你枯萎的时候，另一个你是绽开的。

4

如果人对物质的极大丰富或者贫乏感到恶心，那么他应当到梦境和幻觉中居住。热爱梦境和幻觉的人，拒绝谎言与欺骗。他们的诉说因为荒诞不经而洋溢着真理，他们的经历从不知所云中剥掉生活的盛装。

5

你昨晚梦见我了吗？妈妈。为什么？宝贝。因为我梦见了小孩，我的小孩。这太荒唐了，你才七岁。可是，我不能有小孩吗？你连梦都不该有。可我觉得它就在我肚子里。

上帝只是我们的镜子

上帝只是一面镜子，因为他从来都不会问：我是谁？

1

再亲切的城市也是陌生的。你不明白为什么在繁华的市中心还会有一片宽阔的采石场。采石场的石堆和它旁边的高大建筑一样高大。高大建筑身边的塔吊也和高大建筑一样高大。

那是一个街角。法国梧桐叶子上的绒毛乱飘。你向那个卖报纸的老太太问好，她却露出乌黑的牙齿，指了指楼上的阳台。那里站满了早起锻炼的裸女。她们一边在栏杆上压腿，一边叽叽喳喳地讨论一些重大问题。所有裸体的女人都那么年轻漂亮。她们三五成群地走向大街，她们说她们要找个地方乘凉。

2

高大建筑下面是宽大的停车场。一个小孩正在那高高的台阶上。他的头很不平坦，像一片刚被抽干了水的烂泥塘。他不停地跳，不停地跌倒，浑身上下长满脓包。有人在停车场上喊他："小孩，你跳下来！"他说："才不呢，那会跌死我的。""跌不死，跌不死，"那个人说，"你就像一座老房子，老是拆不坏。"

一队单车从那人身边飞驰而过，引起台阶上一个妓女的惊叫和欢呼，她已经激动地扯起裙摆。但他们却遭到卖报老太太的咒骂。老太太说："你们这些疯子！"那群单车上的孩子却说："我们不是疯子，真正的疯子是看不到的。"妓女也对老太太说："不要以为他们大喊大叫而以为他们疯了，其实他们没有疯，他们很健全。"又有一队摩托车疯狂驰来，冲散了停下来的那队单车，将它们轧扁轧烂。老太太说："真是疯了！"妓女说："没错，他们才是疯子。"老太太便白了妓女一眼。

你是幸运的，因为你的单车靠在墙角。它完好无损，你甚至可以骑上它单车旅行。你和你的单车在两边镶有高墙的马路上滑行。迎面驶来一辆极长的公共汽车。它在马路上缓慢爬动，像一条小蛇曲折犁过平静水面。我忍不住要用手去触摸，因为它通体柔软光滑。

3

上帝送给他的孩子的生日礼物是再造一个同样的孩子。

自从上帝想起来要为自己的孩子祝寿以来，这已经是第三次了。孩子的膝盖上摆着孩子的膝盖上摆着孩子。就是这样。但是他的孩子这一次愤怒了。他扭断了生日礼物的脖子。上帝便派使者来抓他。

我当时正坐在小吃摊旁，看见上帝和使者走过。父亲的威严使我万分惊慌，我不由自主地叫了一声："父亲。"上帝于是看见我了——我知道如果我不叫他，他是看不见我的，因为他的眼睛永远不会下视，因为我自己是一个隐形人——我后悔了。不过他并没有抓我，而是径自走去。

我从小吃摊的桌子上跳过去，又跳过去。老板不停地呵斥我。他说："我这里又不是澡堂子，你怎么可以这样随便地跳过去又跳过去呢？"

4

你爬上了小屋的顶层，爬得那么吃力，你不得不承认你的身体太长了。

有两个孩子正人手一支注射吗啡的针管，相互喷射。他们都穿着油晃晃的破裤子。他们看见我。有一个吓得将针头扔掉，摔碎了。你夺过另一个小孩手里的一支，插在自己的手腕上。这时有个女人扑通跪倒，向天祷告，要求上帝的最后一支吗啡。她泪流满面，嘴唇哆嗦。我告诉她上帝只不过是一块玻璃。忽然一道闪电，你从屋顶上跳下，绿色草芒扎痛了我的脚。

上帝的眼睛是睁着的。他好像是看见我了，但实际上没有。好像世界上的万事万物他都尽收眼底，实际上他什么也看不到。

他不是老眼昏花。他总是把自己的眼睛擦拭得异常清澈。

另外的房间

　　享受了一年的地下室时光之后，我再也不想当地下室管理员了，决定搬到地上去住。但是搬走的时候没有告诉任何人（事实上几乎没有人知道我住在这里），就好像我一直没搬走一样。

　　一开始，我偶尔还会突然返回那里，一个人再次躺在原来的床上睡一觉，然后又悄悄离开，不让任何人看见。这个时候我很得意自己当初没有给自己的房间上锁。这样，在我离开时交出所有钥匙之后，仍然能够返回那里，仍然能够推开门，像回到家一样。这样做的一个重大后果是我对自己产生了一种怀疑，总觉得自己在另外一个地方还有一间房子，还有一张床，还有一些东西存放在那里。很多次做梦，都梦到自己去寻找那"另外的房间"。多年之后，我已不再回到那里，也不知道我的房间还有没有像原样一样保存。那些地下室是否还像以前那样空空如也；是否又有一个新的人来看管这些空房间。他是否也像我一样腰间挂着钥匙，穿过走廊，感受到虚无的召唤。他是否睡在我曾睡过的床上，和我做同样的梦。他是否会梦到我从很远的地方回来，照看我那些永远搬不走的东西。

有一次我梦见自己同时租着两套房子。住着一套，还有一套在附近，但不常住。常住的那套房东很凶，是个母狗一样的人。她经常在我的楼下撒泼，即使我交足了房租也没有用。这时候我就想我的另一套房子。那个房东经常忘记去收租。即使我已经搬出来，钥匙还在我手里，他也不索要。那个房间不像常住的这套这般逼仄、阴暗，而仿佛是某个宾馆里的套间，或者某个宾馆里墙壁的夹层。即使有客人来住，他也不会发现墙壁里还有一套房子，里面还住着一个人，在里面生火做饭，自言自语。而我却能够享用宾馆套房里的一切设施。洁白的窗纱，微风吹拂，早晨的空气清新宜人。我似乎是从宾馆的大床上醒来，有服务员来打扫卫生，我从阳台上走出去，外面是花园。但我只在这里居住一夜。

另一次，我住在新的公寓里，却将行李放到以前住过的老公寓里去。那里有一个房间，我还有一把钥匙，不知道有没有换锁。我趁着人流混进老公寓，悄悄打开那把陈旧的锁，将行李放在里面——其实仅仅是一个陈旧的皮箱而已。这样过了些时日，我想去看看皮箱还有没有，于是再次返回老公寓，却被看门的老头拦住。他说什么也不让我进，因为他认识楼里的所有人，惟独不认识我。我告诉他我要拿我的行李，他却认为我是小偷。无可奈何之下，我只好在楼下徘徊，希望能找到一个为我作证的人。

还有一次，我再次梦见那个宾馆夹层里的房间。

我不知道房东有没有将房子转租给别人，而将我的东西处理掉。按理说应该这样。我带了一个朋友和我同去。那里果然发生变化，宾馆的老板换了人，而且整个宾馆正在重新装修，原来的老装修都在拆除。我寻着几年前的记忆寻找我的房子。在几个走廊的拐弯之后，终于找到了。事情如我预料的那样，房子已经被打开，东西早就没有了。我跑到餐厅，手里不知怎么握着一张餐券；许多民工都在里面就餐。我看了看餐厅里的服务员，不知道该怎么向她打听这件事情。没想到她一把夺过我的餐券，直接告诉我，我的行李已经在一年前被送到了另外一个宾馆。而那个另外的宾馆我根本没听说过。

"另外的房间"成为一种解不开的情结。现实中肯定已无法到达，甚至在梦中也不可能。我只好尝试着通过别的方式到达"另外的房间"。

我不知道写作算不算一种有效的方式。我在纸上建筑一些"另外的房间"的模型。最初的模型肯定是粗糙的，因为随着尝试和研究的深入，模型的构造总是要发生变化，模型的细部会更加复杂，而模型的外观往往不是愈见清晰而是愈见模糊。你必须不断地更改这些模型。由于回忆、经验、想象、梦境这些不确定因素加入到操作程序中来，你可能一度会对它们的相左相克的意见感到无所适从；还由于这种工作旷日持久，有时候会让人看不到意义所在、价值所在，从而使它变得盲目徒劳，仿佛是一次意图不甚明确的魅暗旅程。这样的工作给人以恍惚、可疑的印象，被认为是无望和失败的。然而，在我的认识里，世界或者存在本身，有可能就是一种可疑、无望、徒劳和失败的形式。我们无论行动、言说或者思考、想象，都是在这个同构下进行。在寻找"另外的房间"的迷途中，用一生完成一次完美的徒劳，也许就是艺术形式的本身。"在另外的房间"是一种美丽的幻象，而他永远只能是枯坐在自己现实的房间里，为一次次可疑的旅程勾画着可疑的方案。

这些可疑的方案就是那些所谓的小说。

作为骗局的艺术

我对当代艺术知之甚少，也不愿意去了解，这就是我很少去诸如 798 那种地方的一个原因。我总是怀疑那些东西究竟是不是"艺术"，或者怀疑他们所谓艺术的诚实性。

我对当代艺术和其从业者的印象总体上来说有两点：一就是欺骗，二就是无知者的无耻。有很多文盲、流氓、胆小鬼、投机家、伪善家、变态狂、冒牌的民族主义者和妓女充斥在当代艺术臃肿可笑的躯体中。而这不只是中国独有的现象，在当代艺术滥觞的欧美，这些人几乎就是这个艺术门类的开山鼻祖，比如达利、比如安迪·沃霍尔。

当代艺术似乎总是在用一种自己也不明白的方式试图言说一个自己根本不了解的世界，或者任何一种存在和不存在的东西，所以言不及义假大空，所以会在客观上给人以被骗的感受，并且无法证明作者们没有主观上行骗的故意。

看完《达利的骗局》之后，这种固有的印象更加深了。

我无疑是怀着一种幸灾乐祸的心情来看这本书的，因为事先已经知道书的目的就是在揭露一个艺术投资史上的大骗局，而这骗局将印证我对从达利以降的所谓当代艺术的那个观点。作者像是一个污点证人，通过自己进入艺术品投资行业，专门兜售各种伪造的达利作品大发横财的经历，进而不断了解达利艺术创作的真相、生活方式的糜烂，揭露出这骗局每一个匪夷所思的环节：贪婪的达利、更加贪婪的妻子加拉、借达利的名义四处捞钱的助手穆尔上尉、为达利所雇佣的作画枪手、印刷和复制达利作品的工厂主、位于伦敦和纽约的世界知名的拍卖行、像作者斯坦这样专门经营达利作品的艺术品投资经纪人、各行各业钱多人傻的收藏者。这整个骗局本身，才称得上是真正的超现实。

作者借他原来老板之口说出了达利骗局的实质："达利是历史上伪造得最厉害的画家，因为他对大多数的伪造负有责任，而且他从不想掩盖这个事实。恰恰相反，达利一生都在欺骗艺术世界，同时又一直承认自己在这么做，结果他绘画作品的金钱价值反而扶摇直上。"

所有哗众取宠的东西，都可以大行其道。

许多人都认为《达利的骗局》是一本揭露艺术品投资真相的

书，是在警告那些无知的收藏家和钱多得没处花的暴发户：小心那些赝品。但我想，那些拥有达利画作的人并不会担心，哪怕是赝品，你又能怎样验证它假在哪里呢？达利拥有六百六十六种签名，据说还要多……只要它与达利有关，就仍然值钱。所以我觉得，这本书最终要揭穿的更像是达利以降的当代艺术。和达利泛滥的难辨真伪的作品一样，所有号称"当代艺术"的东西，至少有70%，都是欺骗。

如果你真的有勇气把一幅自己拿不准的东西挂在墙上，要么你是个白痴，要么你根本就不关心那是什么。

山中少年何处去

最近看了一本小说叫《山中少年今何在》，看完之后一肚子怒火。

看看这本书，想想刘震云写的《塔铺》，再想想路遥的《平凡的世界》，再想想自己当年的高中生活，你会发现：他妈的，自从恢复高考到现在，一切都没有变过，一切都在重复，含血带泪的乡村求学故事甚至没有什么可资咀嚼的"新意"。

虽然感觉有些人物和情节的处理太过戏剧化，但仍然不失为一部呈现"真实"的作品。而关于这个"真实"，每一个从农村高考出来的孩子都应深有体会，如有机会读到这本书，不可能不产生共鸣。问题是，这种共鸣在这个国家已经持续了三十多年，不仅没有衰减下去，反而越来越强烈，越来越刺耳。

据我所知，这本书的作者是 80 后，小说毫无疑问是他自己的生活印记。他所写的那个为孩子上学而出门打工、工钱却被工头卷走的家长，和《塔铺》里步行几十公里，只为到邻县给孩子借《世界地理》教材、连脚都磨破的家长有什么区别吗？他写的那个为少交五毛车钱追着汽车奔跑的少年，那个在便池里捡到饭票却又不舍得花的少年，跟《平凡的世界》里求学的孙少平又有什么区别？

这也不能不让我回想起自己高中时代天天为钱发愁恐慌的日子。每次返校都要用自行车带上几十斤麦子换馒头票，以及母亲烙好的一摞面饼，那饼又厚又硬又干，不容易发霉，可以连续吃一星期；鸡蛋咸菜炒在一起，装在一个大玻璃瓶子里，就是佐餐佳品。衣服穿的是做矿工的亲戚替换下来的工装，那面料那颜色那样式，再加上醒目的工号，活脱脱是一身囚服。但我的情况在同学中间还不是最差的，常常看到一些同学吃饭时，从饭盒里拿出一枚表皮发霉长毛的馒头，用尖尖的指甲小心翼翼撕掉那层发霉的皮，然后毫不在意地一口一口吃下去。

这样的日子很遥远了不是吗？但是当我读这本书时，觉得这一切并不遥远。还有比这更操蛋的事情么？三十多年过去了，三代农家子弟参加高考，结果依旧是：农民还在为孩子的高考受苦，孩子还在为父母的期望而挣扎。一切还是那么苦情，那么无助！

人们常常奢谈"苦难"，而耻谈"苦情"，因为"苦难"听起来何其宏大，说起来又那么得体，而"苦情"，却是多么难以启齿。"苦难"对乡村少年来说太大而化之了，那些经历，不论在当时还是以后的回忆中，都是一件件、一桩桩、具体而微小的"苦情"。

　　我们切不要因为鄙视电视剧的"苦情戏"而漠视"苦情"，要知道中国的乡村，真正是充满了太多"苦情"而无处诉说的所在。这些"山中少年"，除了高考这道窄门，生活没有给他们更好的出路，其他方向的任何努力都归于失败。他们是家庭的巨大经济负担，同时家庭又是他们的沉重感情拖累，他们在家庭与学校之间做着幅度狭小的钟摆运动，在本来就逼仄的生活空间里处处捉襟见肘，无力转圜，提早感受人世苦痛的熬煎。

　　但小说又无时无刻不充溢着青春昂扬乐观的情绪。这种情绪，我认为是"山中少年"们所独有的，一种带有古典意味的激情。之所以称之为古典，是因为在他们身上，依稀又见到孙少平，又见到高加林，又见到《塔铺》里面的刘震云。这是农村少年渴求改变命运的一种"共同激情"。因为命运的轨迹一开始就被人为设定，他们想要得到"平等"的、"正常"的生活，就必须付出这份努力，所以你能从他们略带稚嫩的思考和对话中感受到一种征服的力量，那是他们对未来带有玫瑰色的期许。这也许是本书最想表达的东西，毕竟青春和励志，是永不衰败的"主旋律"。

但我们却不能简单地为这纯真的激情叫好。

事实上，这一代"山中少年"的境遇已经远不如上一代人"幸福"。他们所身处的时代，社会生态已经严重失衡。在"山中少年"们还不能更充分地理解这个世界的时候，这个世界的立法者，应该给出一些解释：为什么你们可以让这个国家变得强大，却还要让国家的孩子受苦？为什么几代农民子弟都必须要通过你们设计的这道窄门才能获得和你们貌似平等的生存境遇？

山中少年今何在？书名本身就是一个很有意思的问题。如今他们都在哪儿呢？是在京郊的蚁族村落，还是在 CBD 的脚手架上？是在空调房的格子间里，还是在洗头房的沙发床边？除此之外，你还敢为他们设想一个更美好的未来么？

"80 后"的自我救赎

郭敬明和张悦然曾被商业化册封为"80 后"文学的"金童玉女","郭敬明抄袭事件"发生一段时间之后，张悦然在自己的博客中表明了自己的立场。她将这个事件定位为中国文学界一场微型的"奥斯维辛事件"，并且希望推动一个旨在完成"80 后"一代人自我拯救的"马歇尔计划"。

张除了指出郭敬明不道歉等于丧失"从文资格"，更多的其实是对自我的反躬自省："我们曾经是一群有着纯粹文学梦想的少年……我们被迅速套上了'80 后'枷锁……我们成为了文化标本……我们是商业手段……我们是娱乐道具……我们正放任自己越过一条又一条底线。"张悦然的言辞呈现出"80 后"一代人少有的清醒。

她说："'郭敬明事件'的灾难性还不在于抄袭行为本身，而是它拍打整个社会的回响，冷漠和没有负罪感才是最可怕的。'可以赔钱但决不道歉'的思维方式是文学被商业化操纵形成的必然恶果。"她认为"郭敬明事件"已经不单纯是一个所谓圈中的事，它已上升为一个社会事件。

"80后"一代人曾被广泛认为是自我膨胀而毫无节制的一代，张悦然"自我收缩"、反窥其项的反思，真正是"80后"一代文学从业者的稀缺资源。笔者愿意将张悦然对郭敬明事件的立场看作"80后"一代人自我拯救的开始，而不应该再次被当作"娱乐道具"，当作"商业手段"，被认为是又一次"炒作"。

为什么说智识者是整个社会的良心？因为他们有原罪感，懂得反思，懂得检讨，"吾日三省吾身"，这种传统从来没有中断过，只是在商业化包装起来的"80后"文学中，这种传统才被像阑尾一样割掉了。反思的沉重，似乎是七十年代以前人的事情，"80后"的人从一出生就是干净的，一切都想当然地去拥有，去承受；只有世界欠他们的，他们不欠世界什么——这是商业对"80后"集体性格的无原则放大，甚至是一种妖魔化。在商业化之外的"80后"写作人群中，这种原罪从来没有消逝过。而张悦然的文章首次在公共领域展示这种"80后"的原罪，所以说她的价值不容忽视。

不应该仍将"80后"一代人继续看作孩子，看作不负责任、恣情游戏的街头少年。那些仍然抱有这种观点的人是可笑的，因为他们没有意识到，"80后"一代人正在成为这个社会的主流。最大的"80后"人已经三十多岁，有的已经组建家庭，娶妻生子，在事业上小有成就；从事写作的"80后"人群中，有的已经写出了不起的作品。他们已经广泛地参与到这个社会中，他们已经开始为这个社会负责，为自己负责；他们说什么话，不再是信口胡说，做什么事情不再是懵童儿戏。基于这一点，郭敬明才要为自己的所作所为负责，不能再被当作无辜的未成年人那样无原则去原谅去同情；而张悦然主动去承担的"原罪"，也不可被当作"孩子话"、"过家家"那样忽略和湮没掉。

张悦然看到了"80后"的"原罪"，而韩寒在此事件中表达对郭敬明粉丝的不满，则是看到了"网络盲从者"的可笑、可悲与可恨。"他们傻，幼稚，没有是非观，心智就不齐全，发育就不完善。"他们崇拜郭敬明，追逐郭敬明，和超女粉丝的所作所为没有本质的区别，都是毫无原则的；他们甚至还有一些网络暴民的成分。如果说郭敬明作为一个写手，还有一点起码的判断力、意识上的某些自觉自悟，那么，那些粉丝，则连这些东西的皮毛都没有"粉"到。

这似乎是一切"粉丝"、"门下走狗"的通病。举个例子，很多"80后"作家据说都是读王小波的书长大的，江湖中还存在着一个"王小波门下走狗"的组织，王小波的东西在那里已经到了不容置疑、不容批评的地步。有一个"80后"作家叫李傻傻的，偶然说过一回对王小波不敬的言辞，结果遭遇"走狗"们和"走狗"粉丝们的群殴。李傻傻有一句话说得不错："自由主义的王小波肯定不会认为自己是完美无缺的，一定能够接受别人的批评，而目前一些所谓的王小波的拥护者虽然高举着王小波的旗帜，却背弃了王小波的自由主义精神。"

我总是不愿意将"粉丝"和"走狗"们的所作所为联想到"国民性"，联想到"愚众"，联想到"无意识的大多数"，可是他们确乎是"大多数"，是"无意识"，是"没脑子"，正是因为他们的存在，郭敬明才有了被"异化"的可能。他们相互"异化"。

郭敬明处在一个人人喊打的不堪境地，有的人甚至喊出"坚决打死郭敬明"的口号，更有甚者，一帮不知名的80后写手，居然在网络上发起一场联名封杀郭敬明的运动，并且毫不讳言自己是借机炒作，急切想从"80后"概念里分一杯羹，渴望成名不择手段的心态暴露无遗。封杀郭敬明和无条件崇拜郭敬明一样，都是一种专制，一种霸道。他们和那些"粉丝"、"走狗"没有什么不同。

这种心态的广泛存在而毫不自觉，更让人感到张悦然"原罪感"的可贵。但张的这种"自我救赎"，尚不能成为一代人的集体意识，她只能完成对自己的拯救，就像那个著名的越狱者，他给自己挖了一个洞，但无法带动更多的人越狱。

李小龙：作为神的三十五年

李小龙逝世三十五周年了，这三十五年发生了很多事，但和他有关的只有一件事情，那就是作为一个神，他已经三十五岁了。不过，自从我知道李小龙以来，就对他甚少有好感。这可能因为我不是一个喜欢袒胸露肌、耍腿弄拳的人。看他的影片，总感觉他就是一个格斗动物，总是能把洋人打倒在地，还时不时发出阵阵怪叫。那动作我并不以为美观，那嚎叫我也并不以为悦耳。

在我的印象中，李小龙作为一个神，在中国人眼中和在中国以外的人眼中是很不一样的。李小龙用他的功夫征服了世界，成为一个不世出的武术大师而在全世界拥有众多的"龙迷"，而在中国人眼里，李小龙除了功夫之外，似乎又多了一重"民族英雄"的形象。他在电影里对洋人的拳打脚踢，和以此所赢得的全世界的声誉，都被当作这个英雄业绩的一部分，被人津津乐道。李小龙在那个时代的确满足了中国人一种心理上的需要，从这些画面的臆想中得到一些"复仇"的快感、满足甚至早已失落的尊严。即使到现在，这样一种附着在李小龙身上的情绪你也很难说已不存在。而这也正是我不喜欢他的一个潜在因素。尊严不应从这种暴力（即使是虚幻的暴力）中得到满足；当然，你也可以把这理解为另一种民族自尊心。

李小龙以一个武术家的身份为人们所纪念，他的成功却很难说仅仅因为一身绝技。如果没有好莱坞在全世界的推销能力，很难想象会有现在的这个依然活着的李小龙。他难道不是众多好莱坞奇迹中的一个吗？难道不是西方话语权下的一个神话吗？如果没有西方世界对他的推崇，你能想象李小龙现在的面目吗？

他的被神化，更因为其离奇的死亡，以及他儿子近乎"父子同命"的悲惨结局，而变本加厉。越是扑朔迷离的结局，越容易成就这个神话本身，并让这神话更加弥久不衰。像庙里的菩萨一样，每年都能被不断地重塑金身、描眉画眼。不得不说，这阻碍了我对他好感，和进一步的认识。直到偶然读到林燕妮回忆成名之前李小龙的文章，才突然发现一个让我顿生认同和好感的李小龙。

林燕妮以李小龙"大嫂"的身份，以"耶稣在他的故乡永远是个木匠"的态度，回忆了年轻时代的李小龙。虽然文章中没有明确提醒，仍然可以看到，在美国长大的，这个叫做 Bruce 的年轻人，在其强大的身形后面其实也有着不为人知的自卑和心病。文中提到，李小龙生理上的一个欠缺，是只有一个睾丸，他一度以为自己不会使女人怀孕；还提到他十几岁在香港做童星时，就被当时一个女明星诱夺童贞；以及他强烈的成名欲和孤独感，他说："有时我会半夜醒来，坐在床上大哭一顿。"

我们虽然不能以此就想当然地认为李小龙之所以疯狂地迷恋功夫，并给人塑造一个"强大"的"硬汉"形象，是要弥补这些年轻时代的残伤，但是，能从一个亲近的人口中得到他另一面的真实，却能有助于消弭我心中李小龙强硬到有些乖戾甚至变态的想象。

相对于袒胸露肌、嗷嗷怪叫的李小龙，我更喜欢那个喜欢阅读尼采与海明威，失恋时写诗，独处时沉思的李小龙，我愿意为这样一个李小龙付出自己的好感。

"随着时间的流逝，英雄人物也和普通人一样会死去，会慢慢地消失在人们的记忆中。而我们还活着。我们不得不去领悟自我，发现自我，表达自我。"这是李小龙曾经说过的话，很像一段伟大人物的临终遗言。如果全世界的龙迷，能够领悟这句话，那倒真算是没有白白崇拜李小龙一场。

李少红的篮子盛不下《红楼梦》

　　新版《红楼梦》播出有一段时间了，很多被这版《红楼梦》雷到的人也渐渐觉得索然寡味。事情总是这样，当"雷"成为一种常态，一切也就漠然，也就见怪不怪。从这方面说，李少红赢了。你有再多不满，也无济于事。你不过是观众，而李少红有自由按照自己的方式去拍。如果不是如你所看的样子去处理《红楼梦》，她也就不算是李少红。

　　很多艺术家终生都在用单一的表现手法、艺术形式或者题材进行创作，并且借此独步天下，成为一代宗师。这种单一的偏好，一定是他异于别人，且赋予强烈的个性色彩和艺术追求的东西，也就是俗话说的"一招鲜，吃遍天"。但这通常都是有局限性的，没有人可以用一种形式囊括所有内容，用一种学说解释全部存在，用一种价值观存在论梳理世道人心；即便是要去解构，也总会有你解构不了的东西，不是你使用的工具不对，就是你选择的对象错误。世界上并不缺乏这样富有野心的人，就像古希腊的普罗克拉斯提斯，一切以自己的床为标准，长的锯腿，短的拉长。我们很多从事创作的人，总还是习惯从方法论入手，甚至从自我最擅长最迷恋的形式感入手，去琢磨怎么处理内容或者题材。每掌握一种工具或者发现一种形式，就等于戴上新的眼镜，世界从此被我重新发现和创造。

李少红基本上属于这类，太迷恋并且执著于自我创造的形式，以为自己这个筐可以盛下所有的菜。她用多少有些诡异的气氛来重新包装《红楼梦》，而放弃原来小说中日常生活流的场景转换，放弃人物鲜活特征的塑造，甚至放弃人物外形对小说的基本忠实，放弃从小说无边的琐细描写中自然生发的伤感情怀，而代之铺张的场景，夸张的妆容，喧宾夺主的音效，充斥人耳的旁白，甚至连人物的心理动机都要解说，故事段落之间的转换都要提示（甚至隐隐中对观众的理解力也包含着不信任），将演员沦为道具，从而成功地把真正的主角变成了叙述者，也就是导演自己。这一切的动机，都不外乎对自我迷恋的某种形式的执著。所以，我们还真不用从一开始就替她担心什么叶锦添的造型失败、演员的选择失败、赞助商的干扰之类。统统多余。李少红从不担心这些问题，她自信"她的形式"就是那翻云覆雨手，有点石成金术——这也恰恰就是大多数观众不能接受的那些东西。她在半自觉半不自觉、半被动半主动间，拍了一部半生半熟的《红楼梦》。

多数人在乎的可能是，贾宝玉像不像贾宝玉，林黛玉像不像林黛玉。87版《红楼梦》之所以深得人心，很大程度上，是因为创作者遵从了这一点。就拿林黛玉进贾府这一节，新旧版对照着看，新版明显在细节和人物表现上输掉了。旧版的人物动作和对话都是有相互生发的关系的，很细致，能在开场就能交代出人物性格和人物关系。新版的纯粹是使用旁白在介绍，演员纯是道具，跟现在电视节目中流行的情景再现差不多，也就仅仅表示那么个意思——当然，你也可以说人家这是陌生化的表演体系。

况且这还不是最主要的。一个人单一的艺术视野和表现形式，会过滤掉很多复杂的内蕴。记得北村在围脖上表达过这么一层意思，我很赞同：文化的体现，常常不在于叙事方式，而在于"器物"和"细节"。但李少红恰恰不是一个写实主义高手，不是一个能将万般意绪隐藏在无边的生活铺陈中的创作者，她就是要不断地用昆曲的音效在画外喊着妙啊妙啊嗯啊咿呀。她对"器物"和"细节"的理解，恐怕既无兴趣，也无能力。

但我愿意为李少红导演鸣不平，不是为她的《红楼梦》，而是为她的艺术形式找不到恰当的题材。我宁愿相信李少红是为题材限制所苦的一类导演。提醒大家注意的是，李少红本身是从拍悬疑惊悚片起家。她第一部独立导演的电影，是贾宏声主演的恐怖片《银蛇谋杀案》；紧接着的《血色清晨》，则是根据魔幻现实主义大师马尔克斯的小说《一桩事先张扬的谋杀案》改编的，再加上后来比较知名的电视连续剧《大明宫词》、《橘子红了》，以及电影《恋爱中的宝贝》（其中也不乏诡异恐怖的场景）。只要你把这些作品排列一下，就自然可以理解，她何以要把《红楼梦》拍成"恐怖片"了——尽管这么说有夸张的成分。

八十年代末九十年代初，影视题材限制相对宽松，所以能有《银蛇谋杀案》、《血色清晨》；随着国家对影视剧题材限制的严格，李少红式的恐怖片没有了，但是李少红式的电视剧诞生了，《大明宫词》和《橘子红了》的巨大成功，不能不说得益于她本人独特的艺术形式。

有人嘲讽李少红把《红楼梦》拍成了《聊斋》，我倒觉得李假如真的去拍《聊斋》，应该比拍《红楼梦》要"对"。所以我愿意相信李少红与《红楼梦》的相遇是错误的工具遇到了错误的对象。我不怀疑她的诚意，我怀疑她选错了题材。

青春经不起如此臭贫

最初在电视台播的时候，一瞧这名字，《与青春有关的日子》，我就不想看了。谁起这一破名儿啊，这么长，直接叫《残酷青春》不就得了，以前王朔不是发誓要写这么一名儿的鸿篇巨制五部曲来么。孩子没生出来，还不兴哥儿们借名字用一用啊！再说，大家都忙着去做与青春有关的生意去了，谁还关心与青春有关的日子啊，特别又是那一帮老玉米们的青春！自己的青春还顾不过来呢。

笔者最初想看两眼的欲望完全是被"《血色浪漫2》"的宣传给勾引的，看了几集下来，发觉跟那完全没关系，净是一帮不着调的北京混子在不同时间不同地点的臭贫了。难道把这种换个地点换个时间换个背景的臭贫连接起来就叫一代青春的"心灵史"？

其实臭贫也没关系，关键是你得有点新意，别让这些看腻了王朔式调侃的观众们再去吃一顿十年前的回锅肉。即便你模仿王朔也没关系，谁叫你们是哥们呢？王朔的影响那么大，做哥儿们的受其毒害肯定是深入骨髓乃至深入基因的，但你别在王朔那如洪水泛滥的臭贫基础上再加上 N 倍的滔滔不绝啦，那真的很让人受不了的。

都说琼瑶是电视剧行业少有的语言狂躁症患者，是肉麻天才、煽情大师，完全以强迫症般的对白来制造矛盾，推动故事情节。《与青春》的故事结构则更无新意，大脉络是随着时代随波逐流，小线索则和琼瑶一样差，通过无休止的臭贫来制造矛盾冲突。而且，导演叶京对王朔语言风格如此不节制的发挥，已然使这部电视剧陷入一种不能自拔的臭贫狂热中。那种冷肉麻、冷煽情在观众心理和生理上所造成的不适感丝毫不亚于琼瑶电视剧。

记得以前有个陆依萍与何书桓上街买苹果的笑话，是讽刺琼瑶电视剧的。很不幸的是，在《与青春》的后半段，有许多场戏怎么看都像是这个笑话的各种翻版。比如有一场是送金燕上火车的戏，一帮人又在站台上臭贫，该上火车的死腻着不上，该送行的硬挺着不走。说实话，这场戏看得我不仅是坐不住的问题了，它让我达到一种生理上的厌恶。说剧情注水是轻的，那种只知道折磨人神经的臭贫，而硬拖着剧情不往前走的恶劣行径真的到了令人发指的地步。

过时了就是过时了，棉花套子再怎么翻新都不会有新棉花的阳光味道。说到底还是一种严重的自恋，而且我也忒看不上那种非要影射谁谁谁的小肚鸡肠。一个对青春如此不大度的人，再怎么整都不让人觉得有趣。

无处安放的同情心

同情是一种美德，善良的人都喜欢把富余的同情心施予弱者和需要帮助的人。但是当看到一些有关明星成名血泪史的报道时，你会不会把这富余的同情心分给他们一点呢？到底该不该为他们流几滴同情的眼泪？这还真是一个问题，因为我们很难确定他们到底值不值得同情，也很难说清他们到底是否轮得着我们去同情。

照理说，他们也算是"被侮辱与被损害的"一类人，可他们也有万众瞩目、光芒逼人、高高在上的一面。这还只是一个方面，从另一方面说，经过无数艰辛，最终成长为一个万众追捧的明星，这是一个人努力奋斗的过程，是他或她主动选择的结果。

他想成为明星，愿意为之付出巨大的牺牲，哪怕是丧失人生的尊严，被潜规则，被殴打，被封杀，被剥削，甚至被淘汰、被搞臭，都是所必须付出的代价。如果所有的明星都能像刘德华那样坚强，换来的则是另一种尊严，被放大、被崇拜、被信任，被赋予巨大的商业价值、娱乐价值，更有少数人如邓丽君，会成为一个时代不朽的文化符号，成为永不磨灭的纪念。他们丧失一部分尊严，却得到了相同甚至更多的尊严，这是一种公平交换，也是一种难得尝试的人生冒险。从这方面说，这还轮不着我们去同情。

有更多的人，即使付出这些，也未必得到等价的回报。或者像赵传的歌里所唱的：生活的压力和生命的尊严之间要做一个选择。有的人，即使想丧失生命的尊严，去追求一些东西，都未必有那个机会。对于巨大的成功渴望来说，这样的苦难不算苦难，这样的血泪，也不算血泪。一般如我们这些默默无闻的人，既无法体会那样的痛苦，自然也无法得到那样的欢乐。我们那点可怜的同情心，就是多余的。

但这并不是说他们不需要同情，只是我们的眼泪给不了他们一个恰当的安慰。他们是世俗的强者，但更多的却是心灵的弱者。邓丽君逝世纪念日和翁美玲诞辰纪念日离得很近，当我们为她们的不幸身世和留在世上的美丽倩影掬一把同情之泪的时候，是否意识到，她们的内心世界到底有过多少苦，有过多少甜蜜，我们对之到底知道多少？也许我们只能谦虚一点说，到现在为止，我们还所知甚少。所以说，面对那些明星的血泪，我们的同情心，在她们的命运面前，是无处安放的。

奇人志

蹦蹦师列传

　　每天去坐地铁，都要先打个三轮。他们都在小区门口排队候着，这些车我全都坐过，有几个都很熟了。每每会为上这个车不上那个有点小小不安，仿佛又欠人家一趟似的。

　　那种三轮车有人力的有动力的，座椅有正坐的有背坐的。一般动力车都是背坐还全封闭；人力车是正坐还四面通透。如果时间不急，宁愿坐人力的，尤其是夏天，凉快啊。但通常只能碰到什么是什么。

　　有俩老头的动力车我经常坐。一个老头儿就和我住一个楼，服务很好，坚持送我到地铁站口，而且坚持比别人少收一块钱。很和蔼，颇有长者风，从不抢生意。另一个老头儿，很精明的样子，力气大些，突突突开得快，老以担心被城管抓住为由，离地铁还老远就把人扔下，而且有一股子横横的劲儿。那和蔼有长者风的老头其实不是每天都做，有一搭没一搭的吧，只是图一乐，就当是锻炼身体了，所以，我还是坐那精明老头的车比较多一些。

有意思的是，刚开始我老是分不清这俩老头儿谁是谁，因为我坐车从不看人。有时候，没零钱，就欠着。这俩人都欠过，有时就难免记混。为搞清他俩的区别，我努力去区分他们车子的不同，或者留意一下他们的模样。等到终于分清，已经是半年过去。我老记得欠那和蔼有长者风老头儿的钱，主动还他他还不肯要，或者坚持少收。精明老头儿呢，有一次我记得清清楚楚还过了，他还是问我要，那也只有以他的记忆为准。

每当两人同时出现，我尽量避免乘精明老头儿的车。这老头儿特鬼，每次都搞得像我御用车夫似的，老远看见，就提前启动车子，意在暗示别的同行这人是我的。这很不爽，感觉像被绑架，但每次还都是乖乖就上他的车，真是见鬼了，以至于都怀疑自己是不是真的很弱，连这种拒绝都做不到。

前天，就在前天，我终于做出选择，尽管他已经很高调地把车先开出来，我还是上了那个和蔼有长者风老头儿的车子。留给他的自然是诧异、不解的表情。他可能不知道这老头儿始终比他少收一块钱，但这显然不是最重要的因素。

有一个年轻的诗人车夫。在车厢前面的透明塑料布上，用水笔写满了他的诗句。形式很多样，有字句整齐的山寨古诗，有句子长短不一的新诗。内容也很丰富，有歌颂祖国蒸蒸日上大好形势的，有赞美奥运和神八的，有歌咏花鸟风物的，有青春热血励志奋进的，有讽刺劝喻世风的，更有描写本行业与城管猫鼠游戏血泪史的现实主义题材力作。可惜时日太久，再加上此后再也没有见过这位诗人，那些诗句我竟一句也没记住。我狂赞了他诗歌一路，小伙子就很兴奋，说自己如何喜欢看书，喜欢思考，以及如何对付狗日的城管。

我一般不坐女司机的车，不是因为女人蹬车男人坐车尴尬，我对那些女司机印象都极差。男车夫还好说，起码讲点道理，女车夫说不定就是个泼妇，总会有理由多收你钱，讲不得道理。但有天下午还是鬼使神差又坐了一次，那时周围恰好没别的车。一上车我就发现上当了。原来车下还有一个小男孩，刚会走路的样子，蹲在地上抠土玩。女司机的意思是这孩子还得劳驾我给抱着。没见过坐车还得给司机看孩子的，但我也就只好抱着那孩子。孩子则抱着和他一样脏乎乎的皮卡丘。女司机是河南南阳的，夫妻俩都来北京打工。我问那小子你爹呢，小子很自豪地说，我爹去扛麻袋了。后来我又见过这女的一次，但没坐她的车，我不能再抱着那个脏兮兮的小孩问他你爹是干什么的。

昨天遇见的那个司机是个音乐发烧友，把一个巨大的音箱绑在车身上，还有许多条电线分布在车体周围。一上车，就听见是陈慧琳那首《日记本》，循环播放了一路，我也只好陪着这曲子哀伤了一路。司机是个四眼仔大叔，很嚣张地蹬着车子，回头问我：怎么样，这音乐棒吧！我说，真棒，牛逼！

乱吃饭

　　有句话常说，饭可以乱吃，话不能乱说。乱说话会造成许多不可控制的结果，但你想想，什么时候乱说话会导致这种情况呢？多数情况下，还是在吃饭的时候，尤其是和一帮多数都不认识、不知身份和来历的人坐在一起的时候。为什么会遇到莫名其妙的人，然后又会坐在一起吃饭？没有道理，没有原因，发生这种情况时，你只能宽慰自己，人生不是每件事都是可以解释的，然后告诫自己，一定要管好自己的嘴巴。

　　管好嘴巴的意思不是说紧闭嘴唇不说话，闷头大吃就可以了，转台上眼花缭乱的菜肴，也不是可以想吃就吃。一盘醋溜土豆丝里面都有政治，都有观点的差别，都有屌丝与高富帅的相互鄙视，都有知识分子与民间派的诗歌论争，美分与五毛的约架引信，炫富的得瑟与仇富的嘀咕，都有挺韩与倒韩的战争，有莫言到底配不配诺贝尔文学奖的口水。

有一个小朋友，从外省刚来北京，因为之前在微博上和很多在京知名网友打得火热，所以自信满满，认为有这些"名人朋友"加持，在北京一定会混得风生水起，于是一头扎进北京饭局的汪洋大海，深信"不择细流，海方能成其大"，三个月来大小饭局参加小百起，结果正经工作还没解决，行将弹尽粮绝。这还不算最糟，更为严重的是，原来热情的在京名人朋友常常一顿饭下来后再不与之联系，再打电话也是冷淡到不行。问我何故？答曰：管好嘴巴，不要乱吃饭。上一顿混知识分子，下一顿混下半身，在挺韩的饭桌上倒韩，在五毛的火锅里涮公知的宽粉，你把屌丝的啤酒与装逼犯的拉菲掺在一起喝，能有好下场吗？

既然坐到同一张桌子上，总要找点话头，打破沉默，会从任何可能的事物上寻找共同点，发现差异性。从兴趣开始，到性取向，到政治观点，通过对微博名人、对公共事件的意见来判定对方是不是自己一伙儿的。这其中充满着各种自动站队和内心不断画叉号打对号的过程，最终当场翻脸者有之，心有戚戚者有之，但实际上一桌饭散去，彼此还是形同陌路，最多不过是在微博上加一个关注或者添一个黑名单。

都说北京是圈子化生存，圈子内怎么都是和谐，吃什么饭都行，话怎么乱说都可以，一旦要跨界吃饭，那就有些麻烦。饭局是一种政治，很多人没有见过面，不认识，就因为在网上斗过嘴，骂过人，见了面难免尴尬。更有那些喜欢自动站队的人，即便双方没有见过面，没有斗过嘴，但因为知道对方属于哪个阵营，也会预先产生敌意，见面谁都不搭理谁，当对方是空气算是好的，一旦话匣子打开，随着鲜香麻辣的美食上桌，酸辛腥臊各种冷嘲热讽，唇枪舌剑也就随之而来了。所以有经验的人会在赴局之前搞清楚参加的都是什么人。最离谱的饭局是约局的人也不知道有什么人会来，那就热闹了。虽然不至于要决斗，但冷场的温度，足以将双方都冷冻，酒冷菜凉，吃饭如吃冰，不欢而散已经算是最好的结局了。

由此可以推导出一句话：话自然不能乱说，饭更不可以乱吃。不要赴不可预知的饭局，不要和不认识的人吃饭。就算你一桌饭都沉默无语，别人还是会觉得，你的肚子里正在骂人。

乱跳槽

我有个朋友，本科学的是民族人类学，研究生学的是考古，毕业后找的第一份工作是办公室文员，给领导写材料，干了没两年觉得没意思，准备下海。

第一站就做了房地产经纪。你懂的，就是在大街上辛辛苦苦派传单、打电话那种。且不说从办公室文员到房地产经纪鸿沟有多大，做这个决定勇气需多大，按说这倒真是可以一夜发财的好机会，人家潘石屹的销售总监不都个个年收入上亿么，即便是普通的房产经纪，卖掉一个别墅只收佣金提成也很可观。但他时运不济，正好赶上市场调控，只做了几张租房的单子就撤了。

转眼就去做了保险推销员，干了一年后觉得保险赚钱太辛苦，北京生活压力又大，一激动就跑天津去，干什么呢？卖奶粉！据说代理了一款不怎么知名的奶粉品牌，正准备大干一场，三聚氰胺事件爆发。

我也不知道他是怎么退出奶粉市场的，反正消沉了一段时间，醒悟了，认为当今社会主要问题是道德滑坡，需要有人站出来呼唤正能量，便毅然而决然地投身公益事业——回收废旧电池，并且迅速建立起个人公益博客，号称"电池小王子"。正当我们万众期待着小王子的公益事业风生水起之时，一转眼又去做地产策划了。

哎呀，真是谢天谢地，我们觉得他好歹是回到正路上来了，毕竟之前做了不短时间的房产经纪，起码是有从业经验的。一段时间以来貌似干得有模有样，天天在微博上看到他奔波在京津两地做各种项目推介的忙碌身影，俨然是个成功人士了。看到他终于步入职场的正轨，我都禁不住要流下几行感动的泪水。

谁知啊谁知，某天的一个私信彻底将我砸晕。他居然赤裸裸地问我，能不能给他提供一些买酒的优质客户资源。我没反应过来，啥意思啊？他说你们都是文艺青年嘛，文艺青年都喜欢喝酒嘛，你应该把你认识的文艺青年都介绍给我啊，我准备进军高端酒市场了！只见他飞速在私信里打出一行字：风水先生看过了，中国还要再刮十年"酒疯"，未来十年酒类市场会持续火爆，所以我加盟了一个酒类代理品牌！

文艺青年！高端酒！定位不是一般的精准啊。

看着他发来的这条私信，回忆他从业近十年的职场人生，我不禁陷入深深的思索。不得不说，在上文我对他职场经历的转述中还漏掉一条：不知道在哪一年，他还曾悄悄开过一家公关公司。

他究竟是怎么做到的？

有些人跳槽跳得你看不懂，只有两种可能：一，他确实跳得不好看；二，他的舞步你暂时理解不了，也许哪一天人家真正成功了，你才会明白舞步的美妙。但我从他的舞步中确实还没领会到起码的节奏感，唯有良好祝愿——希望那超声波或者次声波的伴奏带是一首好听的曲子。

说起来跳槽谁不想呢，毕竟大家都愿意拿更多薪水，坐更高职位，以及干更少的活。可是，乱跳槽真的真的是个职场大忌。

卖酒会是他职场最后一站么？

最新消息：他决定把名字改一下，换换财运和风水。我说何不连姓也换掉呢？他摇摇头说不好，他老爹知道会打死他。

杰克与露丝

今年 3D 版《泰坦尼克号》上映时，我的同学杰克君离婚了。这消息是另一个同学打电话告诉我的。

杰克和露丝正好是九八年《泰坦尼克号》上映时恋爱的。那年正好是我们的毕业季，一个酷热而又伤感的夏天。露丝和杰克商量好了似的，每天都在各自宿舍里外放这部电影的原声音乐，那可怕的电影原声从早喷到晚，以至于只要一听见席琳迪翁的吼叫，宿舍里其他人都恨不能赶紧找座冰山一头撞死。

毫无疑问这是段疯狂的爱情，很多人都认为这位露丝小姐昏了头。她虽称不上美人校花，但也生得周正端庄，追求者不在少数，谁知最后却偏偏选择这位杰克。为什么会是杰克呢？众人百思不得其解。用现在话讲，小杰克真算是十足屌丝一枚，黑黑瘦瘦像个小煤球，真要是迪卡普里奥那款大家也就释然了——那至少总该有些才华吧，这一点原本也有争议，不过到最后大家取得了这样一种共识：如果连一点才华都没有，她又看上他什么呢？他们每天示威似的在宿舍里用《泰坦尼克》原声折磨我们，不外乎提醒大家：要么他们是对的，要么人们是脑残。

伟大的爱情总是这样，不为平庸的人们所能理解。露丝爱杰克，杰克有才华，杰克为露丝而死。请注意"才华"两个字，它将贯穿以后十三年的生活。杰克和露丝在毕业之前虽不被看好，倒也没碰上传说中的冰山，顺顺当当地生活在一起，继续沿着温斯莱特和迪卡普里奥的道路，走上不归的"革命之路"。这就是第二段传奇了，比《革命之路》还要革命，还要颠覆。

杰克十三年里几乎没有上过一天班，只干了两件事，一是不间断地思念露丝，二就是两三年考试一次。露丝每天总要去上班，露丝上班后，他便在家里思念她，并在思念的间隙准备着伟大的研究生考试。杰克充分施展才华，最终用五年时间考上某大学研究生，毕业后又用若干年时间考上另一大学博士。正当人人都以为从此英雄的杰克将会找到一份满意的工作，功德圆满之时，却传来他们离婚的消息，而恰在此时，3D版的《泰坦尼克号》上映了。

离婚对杰克来说是个天大的打击，不过杰克并不愤怒，他只是顺从了命运，依旧在学校里为他的论文发愁。我们都以为这时的杰克博士已经工作，谁知他虽已博士毕业两年，却并没有离开学校，因为他的毕业论文仍旧一个字没写。他给我另一个同学打电话，问能否帮他代写论文。同学问为什么论文至今没写，杰克的回答是：他太思念露丝。杰克还告诉他，在过去十三年里，他每天都在思念着露丝，并且因此无法上班，无法工作，无法学习，无法考试，无法写作论文；如果不是因为太思念他，他也不会用这么多年才走到学位的尽头。

这位同学就抑郁了，他感觉自己的智商和世界观受到双重挑战。杰克所说的"思念"到底什么意思？一个不上班的男人和自己的爱人朝夕相处，为何还要"思念"？用博士级的话语来表述，这个"思念"的所指和它的能指之间到底有怎样的鸿沟？这个"思念"灵异般的"此在"可以通向它那不可索解的"存在"吗？这个"思念"到底是不是人类所能理解的那个意思？

受到双重挑战的这位同学打电话向我求助，我苦思许久，虽感到问题严重，却也无力回天，只好对那位可怜的同学说：对于理解不了的事情，最好还是保持沉默；否则，我们就得承认自己是个傻瓜。

博士的简历

　　有个博士朋友，好久没联系了。已经毕业两年，还赖在学校不走。那天他给我打电话，问能否帮他介绍工作。这年头儿博士找工作都问到京漂头上了。

　　博士说什么工作都行，他不会挑挑拣拣。我问他不是两年前就定下要去云南教书么？他说看我们都漂得挺爽的，也想做京漂。这话让我气不打一处来，好在有涵养，暂且忍下。又一个脑子进水的，你不挑挑拣拣，怎么知道人家不挑挑拣拣你啊。同样内容的电话两年前他就给我打过一次，那时他正在写论文，我就劝他好好去大学教书是正经。没想到两年过去，时间在他那里仿佛没有流动一般。

　　他的博士论文迟迟没有写成，是赖在学校不走的关键原因；他从本科毕业到读博，中间有十几年时间，从没上过一天班。几天后，我约他吃饭，顺便叫了别的朋友。这些情况我给朋友说了一下，大家就很怪异，怎么会十几年不工作呢？

吃饭时博士和其中一位杂志主编聊得最好。让我惊异的是，酒到酣处，两人甚至义结金兰，做了磕头兄弟。主编朋友认为，像博士这样的人，就适合他们杂志，一点问题没有，因为他们杂志属于某部委主管，最适合混日子。主编朋友说，你明天就可以把简历发来。

说话半个月过去了，我忽然想起这事儿，心想博士是不是已经面试通过了，便打电话给主编。主编说至今没收到简历啊。心里咯噔一下：我就知道！接着打电话给博士，已经上午十一点，博士还没起床，打着哈欠。问简历发了没有？说没有。为什么不发？说不知道主编电话。你们都他妈义结金兰了居然没有留电话？你没他电话不知道问我要吗？他这才醒悟似的：那你把他电话给我吧。我给了他主编电话，并嘱咐他简历抄送我一份，我也好帮他朝别的地方推荐。

一个月过去了，我又给主编打电话，问收到你金兰兄弟简历没，答曰无。又咯噔一下：我就知道，我就知道！又打电话给博士，仍然是上午十一点，博士仍然在睡觉。问他简历写了没？他说快写完了，写完就发。我说你写个简历比写论文还难吗？他突然问我能不能隐瞒其博士经历，只说研究生毕业？他担心自己学历太高没人敢要。我说既然如此，你不如直接写本科毕业好了。他很认真地想了想，说那不好，我本科毕业十几年都是空白，怎么弄？我表示无能为力。他就说，你看，你都没办法，我能有什么办法，我再想想吧。

又一个月过去了，我又和主编吃饭。主编问：你那博士朋友简历写好没？我说他是你金兰兄弟，你还问我？主编问：那天晚上我们俩真磕头了？我说磕了。主编说：靠，我都忘他长什么样了，不然你再打电话问问？我于是又打电话给博士，没人接。我再打，没人接。我继续打，电话关机了……

看来博士还在为简历中十几年的空白纠结。主编说，不然你帮他写简历吧。我说我有那么贱吗？主编说，反正你已经贱贱地催人家多次了，不少这一回。我笑笑：你一个主编第一次和人见面就磕头拜把子，还不知道谁更贱。

天蝎咒怨

无聊时，常会想些无聊的问题，比如：要想使一个有正常智商的男人相信星座学，必须满足什么条件？想来想去只有一种可能——外力致其脑残。简单点，一板砖拍下去；复杂点，运用另一种神秘学——下蛊。Y君活得一向小心，轻易不会被人拍板砖，他那么惜命，拿豆腐拍自己都嫌疼，但是他居然相信了星座学，那大概就只有后一种可能了。

确切说，他是被天蝎座诅咒了。他曾有一个天蝎座前女友。

反正是分手了，一段不太好的感情回忆，至于有多不好，外人不便问，但谈天蝎色变，在他身上是屡试不爽的。那种恐惧，还真不是看一部两部《午夜凶铃》那样的恐怖片所能达到的效果。

总之后果很严重，所能拯救他的，是一个词——"屌丝"。

我好像在这个专栏里写过好几篇跟屌丝有关的文章了，内心总有些不安，编辑会不会因为文字的不雅驯而有压力？但我忍不住还是要再写一回，是因为Y君的确与众不同。在屌丝的芸芸众生中，他实在是不世出的人物。相比屌丝作协主席曹寇的笔耕不辍，他则述而不作，吉光片羽，犹如屌丝中的苏格拉底；舌灿莲花，又宛然屌丝中的佛陀再生。而这一切，都不过是拜天蝎所赐。

　　分手后，他一直生活在"屌丝"的状态里而不知世上有"屌丝"这回事，直到一个偶然的机会，得知了屌丝教的存在之后豁然开悟，不仅给自己的生活一个重新准确的定位，还运用多年饱读诗书之后的深邃思考，将屌丝的概念加以升华，从存在主义的角度给了屌丝一个安身立命之名，也给了自己坦然直面高富帅与白富美的良好心态。

　　不过近来他又苦恼了。屌丝生活有年，尚且逍遥，但家命难违，相亲之事突然成为天字第一号任务。这倒不算什么，相亲无非就是和陌生人吃饭聊天，对一个没有社交恐惧症的人来说，尚能应付。问题是，这相亲从一开始，就透着一股子诡异。

　　暂时脱掉屌丝马甲，他是怀着一种严肃而考究地态度面对相亲的。所谓严肃，是说相亲以结婚为目的，所谓考究，则只有一个条件，只要不是天蝎座。然而天意弄人，在短短一年内所见过的不下十几个女孩子中，只有两个不是天蝎座，而那两个非天蝎，也只见过一次便再无联系，他对人家有意，无奈对方不来电。接下来一直保持联系的三个天蝎女孩，似乎都和他有一种天生的眼缘，全是主动示好；其中一个尤为恐怖，这女孩不仅和他前女友同年同月同日生，眉眼中居然都有相似的神韵。那女孩对他越是有感觉，他越发内心忐忑，天人交战中只觉阵阵寒气在脊背上来回游走。

他怀疑自己身上有种东西，是嗅觉灵敏的天蝎们最容易捕捉的，而那东西，恰恰是天蝎的美餐。他不无受迫害妄想症地想象着自己被一群贪婪的天蝎蚕食的景象。这逃不出去的天蝎迷宫，是遥远神秘的星座在他身上种下的咒怨。

我作为一个智商正常且脑袋未受过外力打击的男性，当然是不相信星座学的，故对他相亲中遭天蝎围攻一事一向不以为然，不过紧接着发生在我身上的一件事很让我震惊。

我另外一个朋友，得知Y君正如火如荼相亲中，便想把自己的剩女表妹介绍给他认识，大概这也是家庭任务的一种吧，他当时就要将那女孩的照片电邮过来。我都没收邮件，只随口问了一句，什么星座？朋友答：天蝎。

我心中暗自惊叫：看来天蝎们是吃定这Y君了。

狗血小说里走出来的女高管

　　女高管一般都很神秘。尽管你可能对她们的成功故事了如指掌，但仍会凭直觉认为这背后仍有某种东西是你不知道的，就像一盏包裹在迷雾中的马灯，影影绰绰，而作为路人的你便会穷尽所有贫乏的想象力去探究：她到底有怎样的人脉背景，她强大气场的构成究竟是基于脚底下十几公分的高跟鞋，还是面容上的略施粉黛，不怒自威？甚至她前凸后翘的身材，都似乎在暗示着什么……这一切一切猥琐的想象总不免会暴露出你那"皮袍下的小"来。人们总是不相信自己的眼睛，而情愿猜测子虚乌有，并伴随着意淫式的阴谋论。

　　Loena 以空降兵身份降临到商业地产事业部总经理的位置，无人知道她的真实来历。亮相时吓人一跳，普通话极不标准，说不上是哪儿的口音不说，嗓音还粗重低沉，好在身材虽不高，倒也前凸后翘（嗯哼……）。

那时因为工作上的事情我和她接触过几次，感觉她为人极其强势，举止在力图优雅中却处处显出某种刻板。她说话很慢，似在表现一种威严，但总给人一种词汇量匮乏、需花时间在脑子里找词的感觉。无论是面部表情还是肢体语言都是僵硬的，你不免去想，如果一个男人拥抱她，也会像是抱着一块棱角尖利的石头，硌人。据说她出去跟开发商谈项目代理，十有八九倒像她是甲方，各种盛气凌人，各种坚不可摧，还偏偏有人买账。你得承认，在这方面，她是有自己一套方式方法的。

一个偶然的机会，听到她一些极为私人的故事。讲故事的人是一位女同事，因为和她有过短暂的项目上的合作，而这位女同事又是那种特别善于让人引为知己，特别能驱动对方倾诉欲的一种人，所以两人竟在短暂合作的日子里成为一种职场闺蜜的关系，以至于无话不说。

她生长在一个南方不知名的小城，父亲常年在外地工作，很少回家，家里只有她和母亲相依为命。她的母亲是在一家工厂做工，两人住在这家工厂的家属院里。后来，有一个陌生男人开始住在她们家里，她叫这个男人叔叔，但并不知道这个叔叔的来历。随着年纪的增长，她渐渐明白了这种关系，也受尽了附近邻居对这个家庭的各种议论和白眼。她知道那种眼光并没有放过她，尤其当她已经十六七岁的时候。她感到自己被这种家庭关系玷污了，后来考上一所并不理想的大学，好在离家很远，再也不用回去。

她结过一次婚，那个男人她甚至不知道是做什么的。就连两个人领结婚证，都是她将身份证户口本交给那男人去办理的，直到后来那个男人突然有一天消失，再也没有出现，她都没有见过结婚证是什么样的。

后来她又交了一个男朋友，但他们之间联系极少。这个男人风度翩翩，十分绅士，虽然不知道具体做什么，但总是不缺钱花。他们可能一星期会见一次面，也可能两星期见一次，更多的时间，那个男人是和他的狐朋狗友们在一起，打牌，骑马。他只带过她参加他的朋友聚会一次，就再也没有带过她。这主要是因为她的原因。她发现自己和他们没有一点共同话题，聊什么她都不懂，不知道，就像一个傻瓜。后来她还发现，不仅仅是和她现在的男朋友，偶尔她和女人出去逛街，也体验不到逛街的乐趣，因为她对那些化妆品、珠宝、衣服、包包，统统没感觉，也不懂，什么 LV、Burberry，什么这个那个的名牌，一无所知。她既不懂男人的乐趣，也不懂女人的乐趣。所以她知道宅在家里，除了工作，休息的时候就在房间里呆呆地坐着，可以发一天呆。

在后来，她终于有了属于自己的精神寄托，是她的母亲。她的母亲折腾了半辈子，终于和自己的父亲离了婚，但那个同居了半生的男人也终于离她而去，于是她就偏瘫了。于是，Loena有了属于自己的休闲方式，那就是照顾这个常年卧床的母亲。到这时，她们才终于有了一点温馨的母女之情。

Loena真的像是从琼瑶小说里走出来的人物，带着一身的狗血。她承认自己情商不够，对外界的东西又所知甚少，所以只有加倍的工作才能填补她空虚的内心。

这所有的故事，像不像一部狗血淋头的小说？她将这些讲给那个职场闺蜜听的时候，会抑制不住地哭出眼泪来，而那位职场闺蜜，为了提高她的生活情趣，特地送她一套几米的漫画，非常的治愈系。也不知道能不能治愈她那颗封闭而空虚的心。

只是，到最后，这个故事有一个意外的结局。因为项目合作的失败，这两个亲密的职场闺蜜，瞬间成了仇人。因为Loena怀疑那个人故意不想和她合作成功，于是到老板那里告了一状。露水姻缘般的职场闺蜜就这么又形同陌路。

从狗血小说里走出来的女高管，行事风格中也必然带有狗血的痕迹。这句话的另一种说法就是：可怜之人，必有可恨之处。是也，然也。

上司是腐女

部门招聘虽然能力是第一位，但对领导来说最重要的还是要"对眼"，气场合。可是要达到这点其实很难。话说本专栏上次提到的那位女上司，铁打的营盘，人员流失率本来很低，谁知女员工偏多，这个要生孩子，那个要结婚，一时间岗位空缺很大。眼看着要忙年底公司年会了，正缺人手，必须招聘。

该公司年会和一般年会不同。企业属于连锁加盟性质，年会一般是对全国各加盟分部的嘉奖，是顶级重要的内部激励活动，参会人员规模也很大，动辄四五千人。年会项目一般从年中就开始筹备，选场地，找公关公司，弄创意，繁琐事情一大堆，偏偏往年负责这项目的经理回家生孩子了。

这位市场总监又是个挑剔人，生怕招一个气场不合的，破坏工作时团队气氛不说，还可能搞坏一起吃喝玩乐时的心情，所以眼缘很重要，兴趣一致很重要，能力第三重要。这样一筛选，HR网上下载的大堆资料形同废纸，人家不干了，自己找吧。终于有朋友推荐一个，能力没问题，以前都开过公关公司，但朋友透露那哥们是个GAY，问介不介意，结果女上司腐女本性大爆发：当然不介意啊！立马交换MSN开始聊，面试时又见果然是清清爽爽小受款，气场很合，当场签下。

小GAY最招人喜欢的一点在于，从不掩饰自己的取向和生活方式，为人和善，善于动脑，能提很多新点子。上班第一天就给全部门同事发吸油面纸；虽然上班必然要穿白衬衫黑西裤，但下班后必然换上最鲜艳的服装，有次从凡客买了双天蓝色休闲鞋，那鞋面蓝得晃人眼睛，穿得很是得意。这么得瑟，即便不知他取向的人也都要怀疑，但得到证实后又都选择不相信。保守的公司文化里没人会相信GAY就在你身边。

腐女与小GAY在职场蜜月期里相看两不厌，但小GAY的毛病还是慢慢暴露出来：太自我，太贪玩。做事只做到自己心中有数，上司不问不汇报，给同事派活也只派具体活而不讲清楚全局；贪玩就更不用说了，下班时间上司当然无权干涉，但写在开心网日志里大家都看得到，常常是彻夜不休，周末可以连耍两天不睡觉，上班就只能趴桌上睡。工作上因为和同事沟通不通畅，出了不少问题，女上司忍无可忍要找他聊聊，但又不想太正式，便提出请他吃晚饭，谁知小子连推几次都说没空，最后实在推不过了，但当晚他又的确有约，便直接将自己那"朋友"拉上女上司的餐桌。后果可想而知，再腐的女上司彼时也没心情看这场基情秀了吧。

年会终于开幕了，地点选在杭州一个透风撒气大礼堂，舞台下面水池里都结着冰不说，这场地偏偏大而无当，几千人坐进去跟没人似的，一点气氛都没有。女上司赶到现场时差点没气晕，但第二天年会就得开了，一点办法没有。

又据某悲惨地和他同住一屋的男同事举报，年会开始前某晚，这家伙声称自己出去联系年会主持人，结果到后半夜才回来，并且还带回一人。对同住一屋的那男同事来说，真正悲催的并非眼看那两人同榻而眠，而是自己的床位和卫生间只有一墙之隔。原来这宾馆的卫生间是完全敞开式的，他睡的床位只和浴缸隔了一道矮墙，床和浴缸之间用布帘隔开，但布帘平时是挂起的，好几次他睡着都差点翻滚到浴缸里去。那两位就在布帘后面的浴缸里嬉戏，他从那晚之后才真的理解什么叫"夜阑卧听风吹雨，铁马冰河入梦来"。

年会好在马马虎虎弄完了，幸好高层们忙着到美国上市，没参加这届年会，否则不知道被批成什么样。这位同学自我感觉还特别好，接着提出一个七天的年假申请，并且和春节假期连接起来，要去泰国度假。假条还没签，飞机票宾馆已经全部订好。女上司很痛快地签了字，告诉他休假回来可以把工作交接一下了。

这个故事告诉我们：再腐的女上司也不能容忍一个太贪玩的 GAY。

我们公司里的“志明与春娇”

我入职很久之后才知道销售部总监常小姐和北京区副总经理沈先生是两口子。说起来这事儿还被同事嘲笑过几回，说我没眼力见儿，连这层关系都看不出。其实我哪是看不出啊，作为一个资深烟民，我只是感到奇怪：谁见过一男的上班时间到楼梯间抽烟都屁颠儿屁颠儿叫上自己老婆的？我是因为对他俩“烟友”的印象太深刻，才影响了判断。

说到“烟友”，大家可能会联想到《志明与春娇》。你如果非把他们比作志明和春娇，那也只能是一个屌丝版的志明和一个“土肥圆闲二”版的春娇。沈志明先生是如假包换的中年屌丝。地道北京人，体育生出身，自称健将级运动员，踢过戊级足球联赛。常春娇小姐天生御姐气质“女神”风范，从头到脚从内到外都是名牌货，哪怕一双丝袜都要从纽约奥特莱斯店购买。

据说他俩的生活标准永远是"只要最贵，不要最好"。吃要吃得有品位，穿要穿得够档次，住当然也要和全北京最上流人士住一个小区，所以，他们才将爱巢月供在朝阳公园旁边那座著名小区里，所以，即便房子在阴面，终年不见阳光也心甘情愿。重要的是房子的价格，即使市场不景气，也从没有低过五万一平。而这，就是身份；而这，据说才叫生活。

　　沈志明虽是"健将"，在公司却始终是个典型的废物点心，一个空头副职一干多年，最擅长的也不过是年会时手握对讲机，长长的耳机线垂在胸前，为老板做做头牌保镖。每当会场角落里的空调热风吹过风衣下摆，便是他一年中最飒爽的时刻。但话说狗尾巴草也会有春天，跟屁虫也会时来运转，在市场环境不太好的那年，公司业务架构面临调整，他居然做上核心事业部总经理的位置。这大概是他做梦都没想过的事情，否则，也就不会有后面悲剧的发生。

　　常春娇一度是老板面前的红人。身为销售总监，曾在一年之内一口气将品牌拓展到七八个城市大区。当常春娇威武的高跟鞋在办公区哒哒作响时，沈志明不过是给夫人提着包，悄无声息地追随在侧。然而就在沈志明时来运转那年，常春娇却遭遇事业的严冬，随着市场萎缩，公司暂停品牌授权，销售部所有职员下放连锁店。常春娇身为总监亦不能幸免到一个门店实习，并且工资减半。

以她一身名牌武装起来的高级身份，若能和店面里那些屌丝经纪人处好关系，除非太阳从北面出来。果不其然，没几天店面经理的投诉电话便喊得老板耳朵疼。常春娇小姐自恃功高，连老板面子都不给，干脆拒绝上班。老板也不客气：如不服从安排，以自动辞职论处。

　　沈志明先生的时刻到了！

　　现在距离他上任核心事业部总经理尚不足两月。身为公司核心层的一员，他觉得自己已经有实力和老板掰掰手腕了。面对老婆的悲惨处境，作为丈夫，他毫不犹豫地撸起袖子，向老板发出最后通牒：要么让老婆官复原职，要么与老婆共进退！

　　据说，在对老板发出最后通牒的时候，他还谈到了男人的尊严什么的。

　　但老板只有一句话：为了你的尊严，你也走吧。

　　还不到一个回合，斗争就失败了，这是志明没有料到的。他可能忘了他本来就是一个屌丝。

　　公告发出那天，有同事感慨说：这位志明兄不容易，总算纯爷们了一回，不然，我们还不知道他是个爷们。对我来说，志明和春娇的离开，总算让我在楼梯间抽烟时，再也不用为眼睛往哪儿放而苦恼了。为此，我大松一口气。我知道，在这楼梯间里，我再也见不到沈志明与常春娇了。

小 A 的忧郁

　　春节前有各种各样的聚会，前一个公司的同事在 MSN 上遇见我，说年前有时间最好聚一聚，顺便为小 A 送行，春节后他就不回来上班了。我好奇小 A 下一站会是哪里，前同事说他要离开北京去重庆。

　　节前这段时间往往是京漂族的一个坎儿，很多人做年终总结时都不免要想想留在北京的意义。除了小 A，今年我身边就有两个朋友表示要回到户籍地去。北京的确太拥挤了，不过他们的决定并不能使我高兴，他们的离去并不能改善我每天上班依旧被堵车的命运。但是小 A 的选择和别人不同，为什么要去重庆呢？首先重庆并非小 A 的故乡，第二像小 A 这样的高级市场分析师到红海洋般的重庆能做什么？

　　小 A 名叫 Alex，来北京之前一直在上海某投行做数据分析，再之前是在丹麦不知什么学校留学，算个海龟。无论学历还是资历，对我们这种土鳖企业来说很有吸引力，所以谈了一个首席分析师的职位，薪水居然比他直接上司都高出许多。人是上司自己要的，薪水比他高自然也是有所考虑的，他知道自己不久就要提成副总裁，到时和老板谈薪水，老板总不好意思再以他原有的薪资水平来谈，总要高过小Ａ才算合理。

谁料富有神秘性的小Ａ一来公司便让人大跌眼镜。他是南方人，普通话水平不高，口头表达能力也有限。公司请他来除了看中他专业水准，更重要的是希望他扮演企业发言人的角色，上上电视，做做访谈，接受各路媒体采访，代表公司在业界争取更多的话语权。谁知他老人家第一次出镜就紧张到香汗淋漓，衬衫湿透，语无伦次，搞得电视台记者很无语，都不知道该怎么帮助他。

没过多久，每个人都发现身形高大的小Ａ变得又黑又瘦，双眼呆滞，熊猫眼由浅入深，怎么洗都洗不掉。他每天坐在工位上，总让人感到有股强大的气场，拒人以千里之外。虽然工作中的沟通很费劲，好在人家专业够硬，而且大家慢慢发现小Ａ人品不坏，一起玩的时候也能偶尔敞开心扉，谈谈心事。

有过几次喝酒吃饭的经历之后，他终于坦诚自己长期失眠，有忧郁症和社交恐惧症。有个女朋友也吹了，原因是女孩觉得他没劲、无趣，除了工作，没有别的兴趣和爱好。那次喝酒时他突然伤心地说，他知道在团队里没有人喜欢他。这是一个酒后才懂得释放郁闷的孩子，即便被母性大发的女同事们轮番"投怀送抱"以示安慰，都不能让他平静下来。这句话让我们愧疚了很久，总好像欠了他什么。

然而小A在公司里的生活并不总是黯淡，也有过快乐的日子。这快乐来源于他袒露心迹换来的同事间的信任。他总算知道，即便在北京社交圈狭窄有限，工作的压力也可以通过同事间的友好相处得以消解。那段时间，不断有女同事给他介绍起女朋友。小A虽是南方人，却难得身材高大，虽无车无房，四五十万的年薪也足够有吸引力了。

某年平安夜，一帮人在蓝色港湾喝酒，舞到兴起，几个同事突然提议到湖边裸奔，小A竟率先冲出酒吧，后面的人疯了似的追赶，也没有跟上。下半夜的湖边仍然人流如潮，赤裸着上身的小A冲刺了百米之后，呆立在寒风中茫然四顾。人群中突然冲出一个女孩，给了小A一个结结实实的拥抱，又狠狠亲了他脸一下："太帅了，我喜欢！"那女孩旋即又哈哈笑着消失在人潮中。追上来的同事看到这一幕全都疯了，尤其是女同事……上半身被凛冽寒风吹得通红的小A就这样度过了一个无比辉煌的平安夜。

告别的聚会上，我总算了解到小A之所以去重庆，是因为他前女友在那里，他想将前女友重新追回来。他说自己在北京孤单得要死，没有朋友，下班回去一个人，失眠越来越严重，而随着年龄的增长，他已经越来越不知道该如何和女孩子打交道。

而谈到追回前女友的计划，他依旧皱着眉头，一副心事重重却又虚心讨教的样子："你说，如果我约她去旅行，她会不会答应我？我是应该先表白再旅行，还是旅行过程中再表白呢？我该怎么说才能不被拒绝？"

看着这个已经三十五岁、发际线越来越高的男人，我嘴上很无语，只能在心里默默对他说：Alex，想想你寒夜中的那次裸奔吧，追女孩没有想象的那么难，生活也不应该像你想象中那般纠结。

裁员的艺术

这几年经济不景气，企业破产或者裁员的新闻见怪不怪。特别到年终岁尾，许多上班族还沉浸即将休假旅行的喜悦中，一纸裁员令可能将这一切无情打破。你只好收起笑脸，愤愤不平然而又无可奈何地抱起自己的纸盒离开公司，并且再也不用回来。

"此处不留爷，自有留爷处"，有这种洒脱表情的人多半是涉世未深的职场新人，而业已被各种压力捆绑的职场老鸟们，则再也没有这种自称为"爷"的资本。"裁员"二个字就像一个按钮，一旦被按下，让你走，你就走了，像一个垃圾程序一样顺从，执行完最后一个自杀指令，从此消失在茫茫比特海。

但现实并非如程序那般简单。裁员的故事每天都在发生，却并非都是同样的结局。

我有个朋友，是一家房地产集团市场总监。在 2008 年底中国房地产最困难时刻，他们集团给各部门和分公司下达了裁员三分之一的指标，限期完成。裁员计划干净利落，只用了不到一周的时间就完成了。最终结果是，其他分公司和部门全部完成裁员指标，有的部门甚至被成建制地永久裁掉，而她的市场部却一个人都没有动。她是怎么做到的？

她说，关键是你怎么看裁员这件事儿。有人觉得裁员是一件再轻松不过的事情，老板授权你做的任何事都不如这一件简单快意，随便圈几个不顺眼的名字，既完成任务又去掉眼中钉，何乐而不为？有人则会珍惜自己的团队，但面对老板的强大压力无计可施，在裁谁不裁谁之间纠结，最后的结果可能是既得不到被裁者的原谅，也会在老板面前留下执行力不强的不良印象，反而还不如第一种人显得有魄力。

但这都不是我这位朋友的选择。裁员有各种原因各种借口，只有一种借口最低级，那就是为裁员而裁员："别人都在裁员，我们也要裁员"，或者仅仅为了节省人力成本，"度过地产冬天"。这样的裁员计划简单粗暴，既不符合企业战略，还会伤害团队执行力，对她来讲是不可理喻的。她为此曾抗拒执行，即使别的部门已经人去楼空，她也当作没事人，照例和每个同事有说有笑，直到被老板下最后通牒。

她显然对最后通牒做了充分准备，突然抛出一份全新市场部工作规划，并以此为基础重新定义人员架构。在这份全新方案中，仍然有两个现有人员是要被裁掉的，但他们仅仅是被从集团市场部裁掉。什么意思呢？原来她一直想在公司推行的市场集团化垂直管理终于有了突破口，她把这两个被裁员工安置到下属公司市场部去任职，成了安插在下属公司的两枚"闲棋冷子"。

这个方案对高层来讲，裁员目标业已达到，对那两个员工来说，并没有失去什么，而对我这位朋友来说，不仅维持了团队的完整，还趁机拓展了自己的管理范畴，以前一直对下属公司介入不利的局面就此打开。2009年房地产市场迅速好转，下属公司业务提升很快，这两个年前还要被裁掉的同事很快成长为下属公司市场负责人，而我这位朋友也由于市场集团化目标进展成功，被提升为主管市场的集团副总裁。

她说这个团队是她几年辛苦打造起来的，她明白自己的目标，所以每个人她都不能失去。而在老板那里，她这样做却不是抗命，反而认识到她的能力，故能再上层楼。所以我们看裁员这件事，到最后真正考验的并非是老板的冷酷无情，也不是被裁者的心理素质，而是那个具体部门领导的 Leadership。

在那两位几乎要被裁掉的同事眼里，她是值得被感激的，但这并不足以解释何以要一个都不放过。即便真的裁去两个人，对她也没有什么损失。如此维护每一个员工，难道就没有一点情感因素在里面？她承认自己对团队每个人都付出感情，但却不能把这当作左右一切的因素。即便真是如此，说出来又有什么意义呢？人情冷暖，只有对懂得人情冷暖的人去说。

不老的人

他们永远不老，永远二十五岁。

我就是他们中间的一员。

我是某城某街布匹店老板的儿子，自幼和街上的孩子们玩在一起。我们这茬小孩全都不会老。这件事情没有人告诉我们，但我们从出生那天就知道了。我们一不愁吃穿，二不担心时光短暂。我们只需疯玩。

我和邻居烧饼店老板的女儿青梅竹马，一直在偷偷地热恋中。我们从没想过结婚这种事情。有一天，我厌倦了这种生活。一想到我和她从小到大都这么相好，并且还将无休止地好下去，我就感到恐慌。在某个黄昏，在我最后一次将她送回烧饼店的那一刻，我做出一个决定——出家。

我在城中的寺庙做了一个小沙弥，每天不过是读经，抄经，打坐，偶尔偷偷地还要写一点诗。日子过得同样缓慢。彼时，寺庙正在大兴土木，许多柏树被连根拔起，不知道寺庙到底要搞成什么样。那天，一大早就感到很不顺，出门后竟然找不到去佛堂的路。庞大的建筑工地迷宫一般，走进去之后再也找不到出口，不时被那些雕梁画栋的工人戏耍，用刷子画我一脸油彩，或者从后面敲一下脑壳。我很恼怒，但还不敢发作。小沙弥的命运就是被别人取笑，给那些命运灰暗的人们增添一点点生活的乐趣。如果这也算是一桩善事，我又何必不做呢？

这几天，我一直在心里作一首诗，因为我又想起烧饼店老板的女儿。几个月不见，她一定发育得更好了吧。我恼恨她得知我的踪迹，却不来看我；她也一定恼恨我的不辞而别吧。说不定她又和别的伙伴相好起来。一想到会这样，我便作诗。这首诗的名字叫做《在什么地方与什么人做爱》，诗的第一句是："在有和尚的地方与和尚做爱。"我并没有将这句诗念出来，而只是在内心默诵。不料，即使这样，还是被住持听到了。他有鬼眼神通，能看到一个人心中所想之物。一阵狂风吹来，我被携卷到佛堂里，吓得浑身颤抖，长跪在佛案下，死死抓住地面，防止狂风再把我摔到香案上去。我并没有看到住持，只听到一个声音对我亵渎佛门的诗句进行了严厉的呵责。我只得拼命念诵阿弥陀佛，好从心底产生忏悔的决心，但这并不能挽回我的命运。住持劝我还俗。

他说我虽有佛缘，并有慧根，无奈内心太过杂乱，还是还俗为好。

度过一生中微不足道的沙弥生活之后，返回那条街。我又回到以前的日子。烧饼店老板的女儿重新回到我的身边。我们一起经过时代的变迁与动荡。凡是有年轻人的地方，就有我们的身影。永远二十五岁的年轻人参与了这个国家各个阶段的历史，在历史的教科书上到处可见我们的名字。我在这里不想细说那些众人皆知的历史事件，因为我们在里面微不足道，只是夹杂在那些潮水般人群中的一分子；当潮水退却的时候，我们也消失，并不会因为永远二十五岁而凸显出来。

有一个时期，我们鬼使神差地混入一个叫做"知识青年"的群体中。他们如洪水猛兽一般，上山下乡，填平这个国家广袤土地上缺少人烟的千沟万壑。他们与天斗，与地斗，与人斗，青春仿佛是永远花不完的钞票，在他们手里大方而又豪气地甩出去，甩出去。永远二十五岁的人对这种生活方式是再亲切不过的。我们和知识青年一起挖壕沟，建水渠，春种秋收，偷鸡摸狗，好事干尽，坏事做绝。欢乐的日子持续好多年，可那种不可遏制的厌倦感还是再次向我们袭来了。"知识青年"们短短几年之后迅速变老，他们的热情也被我们的厌倦所感染。他们几年如一日的站在水渠里，臭水沤脚，看许多鬼怪一样的黑鱼在里面翻腾，却永远没有出头之日。

时间在我们的头脑里混乱无序，我们记不清那些所经历事件的先后顺序和前因后果。我们上过艺术学院，除了百无聊赖地打发缓慢的时光，就是成天为考试发愁；我们参加过战争，做过俘虏，为了保全性命，为侵略者挖过战壕；我们曾经为国家的命运联名上书国王；我们曾经举着各种小旗游走在大街小巷；我们曾经无数次醉酒在黄昏的酒家楼头，用仇恨的眼光盯紧这个世界；我们曾经热烈地谈论那个时代时髦的文学和健身。可是我们浑然不懂这些事情的意义。我们永远二十五岁，一切都好像仅仅是开始，永远是开始。因为我们永远二十五岁。

我们不为永远的二十五岁工作，我们不为永远的二十五岁张开热情的怀抱。

我们和新一代的年轻人一起，下班后去唱卡拉 OK。我们扔掉他们的自行车，打车呼啸而去。我们遇到一个漂亮又有风情的女孩，她也是我们这些不老的人中的一员。在过去的漫长岁月中，我们曾经不期然地分开，如今又不期然地相遇了。还是在国王统治国家的时代，她有一个男朋友为了建功立业离开家乡，至今没有一点音信。我和我亲密的烧饼店老板的女儿问起这件事情，她潸然泪下，为自己辩护。她说她不可能等一个人这么长时间，在此期间她早已经换掉数不清的男友，但如果有一天他回来了，她还是能够接纳他，与他和好如初。

我们在小巷深处，找到一家灯光昏暗的恋歌房。服务生说我们来晚了，这里已经没有小包房，只有一个大一点的。我说没关系，于是服务生带我们走进一间有室内篮球场那么大的房间。我们在这里唱了一整夜的歌。我们喝酒，跳舞，淫乱。中间有个朋友过来，随即又离开，因为他是人民教师，还要为学生批改作业。他不是不老的人，他的二十五岁已经一去不复返。为了批改作业，他一夜未眠，在第二天早晨才赶来，和我们一起唱歌。我们在篮球场那么大的包房里，连续唱了几天几夜，终于在另一个清晨来临的时候从里面走出来，看见街上的阳光。

太阳照常升起，而我们依旧二十五岁。

我们还是被时间打败了。我们永远这么年轻，这种青春已经过去一个多世纪，却还是看不到尽头。"这种日子什么时候才是个头啊。"我们嘴上没说，心里却都想到了。对于永远不老的人来说，这是一种可怕的悲观情绪。

蜥蜴邓迪

对，他不是鳄鱼邓迪，只是外形酷似而已：健硕的身躯，红黑的脸膛，还有幽默的谈吐——不过这谈吐仅止于三分钟以内；三分钟之后就会彻底暴露他的粗俗和无趣。

有这三分钟的魅力就够了，很多男人愿意跟他喝杯酒继续聊一会儿，对他来说，对付这些男人只需要三分钟，大多数男人一旦喝起酒来，就都是一个粗俗德性了；而对于女人，健硕的外形就足够了，何况还有三分钟的花言巧语呢，有这三分钟足够把她们哄上床。

他连自己的名字都不会写，却可以混在一帮小文化人中间，重复他的三分钟魅力；尽管有关他的通缉令就贴在咖啡馆的店内，人们也视而不见。

他不是鳄鱼邓迪，不是来自荒野的大英雄，他只是个小贼，是一只小小的蜥蜴，对危险有敏锐的直觉。有一次，一个农民，在街头看见他，疑惑地看了一眼墙上的通缉令。他便立刻警觉起来，转过身，离开那些让自己显得格格不入的愚蠢小文人，向一家旅馆走去。那个农民的漂亮妻子，正在旅馆的床上等他。他必须想办法让那女人赶紧滚蛋。

为了达到这个目的，他在过街的三分钟以内，又成功拐住一个漂亮小妞儿。他要把这个妞儿带到那个女人的床上去。

如何回忆自己

如何回忆自己

　　想象一下，有一天你老了，坐在喧腾的咖啡馆一角，身子佝偻着，面前端着一份报纸，哦，不，那时可能报纸已经消亡，面前端着一个 iPad，或者别的电子阅览器吧。你能明确感受到自己的衰老，处在一种高龄的落寞里——假如你足够长寿的话。这时候你走神了，回忆起自己的一生。你会想些什么？

　　会不会想到当年你那么强壮、健谈而且帅气，却白白荒废了，你觉得自己享受的欢乐和遭受的痛苦相比太少。你觉得年轻的时光恍如昨日，从年轻到老境，转换得太快。你会想起你的"谨小慎微"对你的欺骗，而你又如何一直痴狂地轻信这种谨慎："明天吧，明天再做决定。"明日复明日。

　　你想起那些被这谨慎扼杀掉的冲动，牺牲掉的欢乐，所错过的每一个机会：爱情，你因为胆怯和猜疑，没有鲁莽地去表白；

工作，你因满足于一时的春风得意，没有选择新的挑战，然后被后浪拍死在沙滩上；婚姻，你为了所谓家庭稳固和孩子成长的责任，即便感情基础已经被庸常生活蚕食殆尽，而仍旧勉力维持，一心一意做着生活的裱糊匠，放弃了自己，或者无力再去关注自己……

这是我对自己很喜欢的一首诗的复述，诗的名字叫《老人》，作者是希腊诗人卡瓦菲斯。这首诗曾贴在微博，很多人都在后面回帖说：这简直写的就是我。大家都在对号入座。

我却想到一个朋友，他从不写诗，有一天却用一首诗分别勾勒了我们当年几个同好的命运。在最后一段，他写到自己，说注定会老无所依，冻死街头。这样写按理说应该是怀着极大的悲愤和自我的苛责的吧，我一度也这样认为，但后来却不这么看了。这表面上是一个人青春时代对自我的清醒认知与严厉审视，实际上却暗含了对自我的放任和提前宽恕。我从这样的表达中很明显地读出了一个人对自己的溺爱。人一旦溺爱起自己，甚至可以预支老年，以老年的悲惨来原谅现在的自己。

大家也许觉得我在这里出卖朋友是多么不厚道。实际上我也是他的影子，或者是镜子里面的他。我们性格不同，所走道路也不一样，却总在某个命运交叉点相遇，然后感叹殊途同归。他从不谨慎，从不扼杀自己任何冲动，从不放弃任何快乐的机会，从不拘谨。我正好相反，诗里面这个老人，休说是我未来的写照，现在就已经是了，一想起过去，就会感到困倦和厌烦。

我相信我的朋友绝不会冻死街头，也不会对自己任何选择后悔，年轻时牛皮哄哄，年老时也不会疲软，但我也相信当他读到这首诗，同样会说：这 TM 就是我。可见不管怎样去生活，每个人还是都会对自己感到不满。

年轻人尽可以将这当作一首励志诗，为防止老去之后如何如何，现在要如何如何做点人生规划。中年人则要想一想：当我们真的变成老人，应该如何评价自己，我们现在和自己达成的各种谅解备忘录，到老时是否会认账？

现在唯一要做的，就是正视自己想要的生活，不再做任何超出能力却又毫无兴趣之事，去除妄念，去除颠倒梦想，不再迁就和勉强，不再羁縻于琐碎又无望的取舍，不再做生活的裱糊匠，更重要的是，不再提前代表老去的自己溺爱、放纵，然后原谅现在的自己。

把现在的你当成老去的你的孩子吧，你希望你的孩子将来怎样，那就按照怎样的标准要求你自己。

黑虎泉

　　已经记不清多少次去看黑虎泉。独自去过，多数还是陪朋友，父母来时，也曾带领前往，只是从没有想过要写点文字纪念或者描画一下这个泉子。大约总是觉得没什么可记吧。再加上黑虎泉一直以来都供人免费参观，不过是护城河岸上的一个小物件，就更觉得没什么可记取的。廉价甚至免费的事物总是不被珍惜。如果有一天我去看趵突泉，倒是有可能回来写点东西。这就是一种不能免俗的势利了。趵突泉毕竟名气大，而且还收门票；有价观赏，就不能白去。如果花钱进去而不记点什么，总觉得吃亏。

　　可是我在济南生活了十多年，趵突泉居然一次都没有去过。刚来济南时不去，是因为听说已经停喷，没什么可看；后来复喷了而不去，是因为嫌弃门票太贵，而自己又穷。那个小小园子的价格居然比大明湖的门票还贵，所以我是宁可买票去大明湖也不去趵突泉的。大明湖的水面至少是大了许多。再后来因为有了某种证件，可以免费进出游览，就更加没有参观的兴致，所以直到现在，趵突泉仍然没有看过。朋友来时，因为这种习惯的心理，我也不提醒他们去看趵突泉，而常常是从黑虎泉、珍珠泉到五龙潭或者在济南老街巷里七扭八拐转悠一番再沿着曲水亭街径去大明湖，就当趵突泉根本不存在一样。这样说来，仿佛我与趵突泉有什么说不清道不明的过节或者仇恨。

其实倒也没那么严重。这和人的交往是一个道理：有些人其实和你并没有什么深仇大恨，只是因为偶然的误会而行同陌路，相见装作不相识，其实如果有机缘交流一番，前嫌或许会宛然冰释。我和趵突泉的关系大抵也不过如此。如果有一天非进去不可了，那看法自然是会有所改变的。

最近一次去看黑虎泉，是前两日的深夜。晓宇和老孙来济南，在回民小区喝完酒，我就带他们来看。深夜看泉于我不是第一次。上一次是两三年前，那年夏天雨水之丰沛，历年所未见，所以停喷了 N 年的泉水都喷疯了，以至于引得好几年不见泉水模样的济南人都担心这泉水要一次性喷干。大概是有那一年丰沛雨水的基础，直到现在，虽然泉水每年都岌岌乎可危，但再也没有停喷过。

那年是太光从北京来，我们从广场边的一家馆子里喝完酒，再去黑虎泉边的某个酒吧，沿护城河一路走过去的。夜深人静，那段道路正是传说中的"东宫西宫"，只是道路上并没有看到什么人影，更遑论"可疑"的人影了。只是远远就听到泉水轰鸣，声音之大，让人惊诧。走到跟前，那三个虎头里水势的猛烈，也让人吃惊。我曾无数次给别人描述过，用的一律都是那个农民味十足的比方——就跟农村浇地从机井管子里抽水似的，水量巨大，水势凶猛。

被缺水教育、环保危机教育吓大的一代人，看到这么多的水白白从地下涌出，白白流掉，白白与各种污水掺混在一起，白白流进臭水沟，嘴上虽然不说什么，实在都是暗暗惋惜的，但也没有什么办法。白天里，居住在黑虎泉周边的人们，都大桶小桶的从虎头处接水往家里运，据说用来煮茶十分好味道，"就是水垢比自来水多许多"，我还记得一个乘坐 80 路公交车从祝甸赶来这里背水的一个老头这样说。

我就是那种被水危机洗过脑，总担心有一天地球上再也没有一滴水的人，面对不舍昼夜奔流不息的黑虎泉，实在没有什么审美的愉悦，更遑论从理智到感官上的欢喜。司马光砸缸的故事谁都知道，所以我每次想起这个故事，从来都不愿赞赏司马光的聪明和机智，而总是想抱怨一下那一缸水的白白流失。如果说地球就是那个缸，黑虎泉就是这个缸上一个不大不小的漏洞；或者一个被挑断了腿部动脉的人，鲜血快速而不停地从伤口处流出，直到流干净为止。黑虎泉不也好似这城市的伤口。

我听说当年银座商城动土建设，挖了很深的地槽，结果不知道从哪里冒出几股子水，顷刻将地槽注满，工人们用抽水机连抽了十天半个月，又在地槽里到处灌水泥堵水脉才将那槽里的水抽干净。许多人都猜测这与黑虎泉泉脉有关。许多外地人乘坐公共汽车经过泺源大街和银座商城，都奇怪在银座商城和新闻大厦短短的距离之间还会有一站，名叫黑虎泉站，而那里根本没有黑虎泉。黑虎泉在这条街上被人用一种极为醒目的方式遮掩了。

岩鹰在一首诗里写道："不过是喷涌/不过是喷涌的喷涌后的寂寞/不过是泉水/是泉水不舍昼夜一个空虚的反对者暗中空虚加深。"据说这些诗句来自他某天夜里走过黑虎泉时的观察。

喷涌在诗人那里是微不足道的事情，但带给我的却是一种挥之不去的焦虑。我不知道如今来看黑虎泉的人，是不是也和我一样，有这种焦虑。所以当晓宇来到泉边，以调侃的语气说出他怀疑这水是用电力水泵抽上来的话时，这种焦虑又不得不发作一次。也许只有傻瓜才会认为我真的是焦虑于水资源的危机。

但除了这个，我还焦虑什么呢？

在深夜，我经过黑虎泉，总是不愿意看那三个虎头，不愿听到那巨大的水声，而总是想背对它们，企图用手电微弱的光芒照亮那个深洞，那一洞清澈见底的水隐藏在黑暗中。那个洞，一只张开的大嘴，作出一种啊呜呐喊的姿态，喊出的是无声的黑暗。

　　并没有人从这黑暗中走出，而我却可能要走进那黑暗中去。

雨靴

上上一次下雨，因为修路，出来进去的，弄得很狼狈，好好一双皮鞋，陷进黄泥里。妻子的遭遇更可怕，整个人差点被汹涌的雨水冲走，要不是一个民工伸手拉住她，后果不堪设想。回到家，便下决心要买雨靴。

天一直晴朗，直到再次下雨，她才想起买雨靴的事情，于是冒雨去了本市最大的超市，没有找到，竟在一个不起眼的小批发城里买到了。她穿着一双红雨靴回家，手里还提着一双黑的。

晴朗的天气，让人以为再也不可能下雨了。每每看着那双一直没机会穿的黑雨靴叹气。它就摆在门边，仿佛随时准备出发的士兵，只等我一声令下。每天晚上都看天气预报，每天早晨起来都首先打开窗户，看看外面下雨没有。但每天每天，天都是瓦蓝瓦蓝的。新的雨靴生了灰尘。还有那双红色的，也很委屈地站在高大的黑雨靴旁边。终于不忍心看到它们无辜的样子，塞到橱子里眼不见为净。

几天之后，冷空气还是来了，从凌晨开始下雨，一直下了两天，但我一直都没有出门。天气预报说，未来几天还会有大暴雨。这是秋天的雨，刮着冷风，空气很凉很凉的。

妻子一早出去买早饭，就是穿着她的红雨靴。吃完早饭，又穿上它不知去了哪里。有什么了不得的事情非要在雨天里跑来跑去呢？我看着她穿着红雨靴在镜子前走来走去，觉得她是疯掉了。中午，她才回来，湿淋淋地站在门外。我不禁低头看她的雨靴，真是光彩照人，一看就是在雨水中尽情趟过的。

吃完午饭，我也决定出去一下。我第一次拿出我的黑雨靴。

路上积水并不多，雨势也不急，只是风大，雨点吹到身上，冰凉冰凉的。我尽量让雨靴走有水的地方。我知道它是渴望这雨的。我理解它的焦渴。我觉得我应该到泥水肆意的地方去走，我的雨靴应该征服所有的泥泞，浑身沾满泥浆。我几乎是满怀信心，向着想象中无边的泥泞大踏步走去。

我忘记了，这条路在暴雨来临之前已经修完。虽然有些地方依然坑坑洼洼，但大部分路面都已硬化，再也没有黄泥了，只有一些碎石子还在路边堆着，已经没有泥泞可以征服。

我只得使劲跺脚，踩着那些没不过脚面的水洼。靴子也并没有我想象的那样强悍，它的底子一点也不厚实，踩在石子上，竟然硌脚。摩托车突突开过来，我还是要躲，它所溅起的水花，还是会高过我的雨靴。

我渐渐觉得我的雨靴是丑陋的。因为它是黑的，几乎所有的男式雨靴都是黑的，都是一个样子：臃肿，肥大，毫无造型可言；而那些五颜六色的女靴，那么小巧，精致，可爱。更重要的是，它怎么没有刚买来时，站在红雨靴旁边高大威猛的气势了呢？

我并没有找到可以让黑雨靴大显身手的水洼或者泥地。也怪这个城市的道路建设过于完备了，也怪这场雨再也不像夏天那样势大力沉了。

我很快回到家，脱下靴子，重新打量它，觉得它本来就是无精打采的样子，靴身上残存微不足道的几颗雨点，不但都没有将自己打亮，反而留下点点污渍。它和那漂亮的红雨靴站在一起，感到自惭形秽。

韩国的窗帘

在黑色走廊里寻找自己的那扇门，常常使我想起卡夫卡《美国》里面《纽约乡村的夜晚》那一章。

通常情况下，我对我小屋外面的黑色走廊并没有恐惧，因为我了解它的一切。但我的朋友们不行，他们害怕在走廊里会有什么东西绊他们的脚，尽管我把看不见的地板打扫得一干二净；他们害怕会在每一扇不可琢磨的门里冒出一个人头来，在他们身前吐着舌头，或者身后尖叫一声，尽管我已经把每一扇门死死锁住。我并没有要在走廊里安一盏灯的打算，我也没有要给我的门上一把锁的打算。既然所有的门都已经锁死，我的门就是自由之门；既然我的门从来都不会关上，那屋里明亮的光线便能够自由地跑到走廊的一面墙上。那面正对着门的墙，是走廊之外朋友们唯一的幸福。他们不会因为恐惧而不来我的小屋。

他们能够忍受着黑色的窒息，泅过黑暗，站在我的门前，站在微弱的光明中，他们会抑制住窒息过后猛烈的喘息，他们会看见我的背影。我半卧在我的小躺椅上。朝着我的书桌，书桌上新买的台灯，旧的餐具，乱的书，我朝着我的窗台，窗台上嘶哑的收录机，收录机里张楚的歌，我朝着灰色玻璃窗外，窗外的狂风，春天电线上呜呜叫的狂风，狂风里飞扬的塑料袋，牛马尿的气味和啤酒香，还有对面楼上喝醉了的窗帘的疯卷。那是韩国的窗帘。

"你看那窗帘。"朋友会说。

"我看见了，"我说，"窗子是开着的，窗帘飞出了门外，屋里没有人。"

"你见过屋里的人吗?"

"目前还没有。"

"你知道他们是谁吗?"

"他们是韩国人。"

"他们在这里做什么?"

"不知道。"

"他们是一家人?"

"对，但我没看见过他们的任何一张脸。他们都没有走到窗台边上一回，他们没开过窗子。但他们住在里面，因为晚上屋里会亮起灯光，但我仍看不到他们的影子。据说有人看见过那个小孩，看见他趴在窗子上，粉脸探出窗外。据说有人看见窗台上晾晒过一双鞋，一双女人穿的花鞋，但不久鞋就从窗台上消失了。据说有人在大街上见过那个男人，韩国式的小个子，见人点头哈腰。我离他们的屋子那样近，我的窗子和他的窗子相距不过三米，但我听说的这些却从来没碰见过。但我并不怀疑那里面发生的一切。"

"那里面究竟发生了什么啊？"

"我不知道。"

我的确不知道里面发生些什么，但我毫不怀疑。

我长久地躺在我的小躺椅上，我打开我的窗子和门。我可能永远看不到韩国窗帘后面的事情，但我很快就会发觉我的身后，站在黑色走廊微光里的他们。他们逾越了黑暗和恐惧，来和我说话。我们会谈起韩国的窗帘，但那是我们无法逾越的。

醉酒记

连续几次喝酒到断篇儿，终于自己都看不下去了，决定戒酒。还别说，效果相当不错，半个多月以来，居然一个酒局都没参加，没有组过局，也没被人邀请，再加上从不在家喝酒，所以滴酒未沾，初战告捷，皆大欢喜。

只是，半个多月没人邀请，人品值到底是上升了还是下降了呢？又一天的下班时间快要到了，这个问题想得人郁郁寡欢，正琢磨要不要约人吃饭，电话竟然救命般地响了，其欢欣为何如？

"先声明，我可不喝酒啊。"电话里我是这么约定的。牡丹说唯阿穿越大半个中国来北京，你不喝酒怎么行？我想了想，好几年不见一回的朋友，不喝真不好，那就克制着点儿，少喝，但嘴上却硬硬地说绝不破戒。

酒局安排在老铁家里，还有其他几个朋友，都是平时喝酒必大、说话必吵的一帮酒虫。奇怪的是，当我再次声称滴酒不沾时，居然没一人反对，就连远道而来的唯阿兄也没有哪怕一丁点的不满。一块石头丢出去，居然一点响动都没有，诸位可以想见我这被猛闪了一下腰的心情，无以排解，半晌后竟主动拿起酒杯，自斟自饮起来——好吧，就连这破戒的举动他们都全部无视。

好在一场酒下来，都喝得挺高兴，都保持了温文尔雅的礼节，都懂得了什么叫适可而止，就连话题也是无比和谐的，完全没有了以前的争论，整个场面始终保持着一种动人的温馨，完全不像一般酒腻子所为。喝完即散，毫不流连，我只是有点忘记了怎么到的家。一觉醒来感觉也很平和，和以前大醉后次日的情况完全不同，因此可以确定，昨晚我没喝醉。

谁知当天老铁又打电话来，晚上还要接着喝。为什么呢？喝得不好，必须重来。竟还有这种事！我带着兴师问罪的态度又气呼呼赴宴了。这次换了几个人，意外的是铁夫人也在家，并为我们张罗饭食。这是很罕见的，我们素知铁夫人不乐此道，平时也不敢惊动她大驾，每次老铁邀朋友聚会，都选在夫人不在家的日子。

看来太阳是打西边出来了，大家不免都有点受宠若惊，争着下厨帮铁夫人做饭。我进去时厨房已经下不去脚了。只是赫然发现厨房里一地狼藉，碎玻璃碎瓷片遍地都是。他家厨房在阳台上，阳台的玻璃窗子全被砸烂了，就连墙上也多出好几个窟窿。我大吃一惊，急问老铁你们家是要拆屋还是要装修啊？老铁只打个哈哈，敷衍过去。其他朋友则都对我诡秘的笑着。我突然意识到哪里不对，便一边帮铁夫人择菜一边问其缘由。谁知铁夫人一脸没好气地对我说，你还好意思问？难道不是你昨天喝醉了整的吗？

我一听这话，只感觉一股阴风劈面而来，脸上残存的一点羞赧像那些玻璃碎片一样哗哗吹掉一地——我便在这节操如玻璃般破碎的声响中醒来了。

幸好，幸好，只是一个梦。一边摸着依旧发烫的脸颊和猛跳的心脏一边安慰起自己。

但即便是个梦，也可见我对酒后失态恐惧的深重了。那些在现实中因我大醉而饱受折磨的朋友，听到这个许会宽慰一点吧：瞧，这个酒鬼，至少在梦里还是残存着一点点羞耻心的。

相机糗事

最近看潘石屹发微博，说自己在阳朔乡下骑自行车不小心跌进稻田，舍命保住相机没受损坏，倒让我想起自己以前也干过类似的事儿。不过咱那相机不能和潘老板比。潘老板爱机如命，肯定不是钱的事儿。

刚上大学那会儿，有一次和同学骑辆巨破无比的自行车去泰山玩，下山时从泰山正门往岱庙方向一溜下坡。没想到自行车果然要在关键时刻显示其破得有理，刹车突然失灵了，眼看自行车越跑越快，我俩几乎同时做了跳车的动作。我在车后座，跳车一刹那，一只手近乎本能地高高举起怀里的相机。

虽然那只是一台傻瓜相机，但在九十年代中期，对一个穷学生来说，这依然是一个奢侈品，况且又是借来的，况且中的况且，还是从一个女生手里借来的，所以就算尾椎骨骨折，一只手触地时擦伤，只要相机完好，也觉得无比幸运。奉还相机时甚至都有些得意，向那女生反复演示一手高举相机跳车的动作，就差像董存瑞那样喊革命口号了。没办法，乡下来的苦逼屌丝面对城市里的女神，哪怕只是女神的一个小小物件，都须如此敬畏。

而当毕业来临，苦逼青年和女神告别一般都会有个仪式。这仪式因人而异，有人吃最后的晚餐，有人轧最后一次马路。作为一个乐山好水的文艺苦逼，我想到的是邀请女神去大明湖划船（好在那时还没有《还珠格格》，不然我宁肯投湖自尽）。但该女神却没有相机，我当然更不可能有了。毕业季相机供应紧张，借是借不到了，灵机一动跑到校门口冲洗店，用一百块钱抵押出来一个破旧的傻瓜相机。

划船告别仪式很成功，只是相机被顽皮的女神不小心摔了一下，表皮有明显破损，还相机时果然被女店员刁难了，不肯全额退还押金。我自思嘴笨说她不过，居然动用了大杀器，请我系里做体育委员的一哥们前来助阵。两个身高都超过一米八的汉子捧着个破傻瓜相机杀气腾腾冲进店里。没想到女店员根本不吃这一套，冷笑一声，只消一句："哟，还带保镖来了！"便把我俩的杀气消弭于无形。

好男不跟女斗，我那做体育委员的哥们虽能说会道，竟也无计可施，最后反倒安慰我："就当你一百块钱买个相机结了。"好吧，尽管我觉得这相机顶多值五十。不过这相机在我身边也没待多久，又被另一个哥们借走，竟没归还，不知下落何处。

毕业后到一报社工作，因是文字记者，一般不带相机。就有那么一次，领导派我去南京开会，特意嘱咐要拍照片回来，于是从社里领了一个尼康单反，带各种镜头，带闪光灯，还有足足五盒胶卷，向老记者简单请教下这种高级相机的使用方法后，便鸟枪换炮地出发了。任务简单极了，不过就是拍一下会议，余下就是到处游玩。五盒胶卷都不够用，临时又买了三盒。咔嚓咔嚓，过足大瘾。就这么玩了一个多星期，胶卷拿去冲洗。

第二天去取照片，没想到冲洗店老板一脸沉痛，仿佛刚死了爹似的，良久才说："兄弟，你要搞那样？胶卷没这么糟蹋的，你瞧瞧，除了第一卷，其他全是空白，白瞎了啊，这是柯达，牌子啊！"我这才想起来，那第一个胶卷是出发前同事帮我装的。我说后来自己装的胶卷快门声音不太对呢，敢情都是空炮啊！子弹都没上膛，幸好不是去打仗……

"好在啊，如今是数码时代了，柯达也破产了。"每想到这件蠢事，我总会这么安慰自己一下，然后掏出我的小爱疯，把刚端上来的一盘番茄炒蛋"咔嚓"一下，算是过了安检。

爱疯自杀记

　　自从前两天给老婆买了一部小米，我的 iPhone4 就情绪不稳定，大约是无法想象和一部廉价手机同一屋檐下的生活。小米来家之后几天，作为机主的我明显冷落了爱疯，疯狂往小米里下载苹果商店里没有的应用。我女儿看到久违的"会说话的汤姆猫"在妈妈的手机里胜利归来，更是高兴得发狂。

　　谁都没想到备受冷落的爱疯孤独地躺在书桌一角，却默默筹划着一个惊人的计划。我虽明显感觉到我们家两部手机争风吃醋的紧张空气，但还是小瞧了爱疯的泼天醋意。

　　正当女儿沉迷于和汤姆猫的无聊对话时，爱疯突然在旁边大声唱起儿歌，还是女儿挚爱的《蓝精灵》主题曲，但女儿完全不为所动，反而教汤姆猫说起爱疯的坏话来，说什么老爸常常换手机密码不让她玩，还删除汤姆猫、愤怒的小鸟之类。爱疯有着持久的忍耐，一首一首经典的儿歌不断地播放出来……终于，妈妈喝令贪玩的女儿放下小米，洗脚睡觉。女儿千百般不情愿之下，才讨价还价地说要把爱疯拿到身边来，边烫脚边听儿歌。这个貌似合理的要求实际上正是爱疯复仇计划的关键一步，它要借这个千载难逢的机会狠狠报复一下机主本人，一血被冷落的耻辱！

女儿心不在焉地边烫脚边听爱疯唱歌，爱疯就放在她身边的沙发垫上。只见它纵身一跃，一头跳进女儿烫脚的水盆里，如一艘核潜艇一头扎进马里亚纳大海沟。在一旁监督女儿洗脚的我完全傻眼了，没想到啊没想到，这个孤傲的爱疯，就像他孤傲的创造者乔布斯一样，性情是如此刚烈，竟然以自杀来向我报复！

来不及多想，救机要紧，赶紧捞出来，用吹风机做人工呼吸。手机进水是很要命的，唯一的办法就是赶紧脱水。如果爱疯手机能像三体人那样说脱水就脱水就好了，但爱疯不是三体人，我也不是那三颗太阳。又想起美剧《福尔摩斯》里面的情节，被杀害的人将一部保有关键证据的手机塞进米袋子，而聪明到不是人的福尔摩斯注意到被害者是个大米过敏症患者，为何家里会有大米呢，福尔摩斯又知道大米是吸附水分的最佳介质，手机进水，塞进米袋就能成功脱水，最后他果然在米袋中找到手机。我受此启发，也只好死马当作活马医，将手机埋进我家的大米袋子里。

第二天一整天没手机的不适感就甭提了，问了一圈有关爱疯手机进水之后的维修情况，并联系好手机维修商。没想到的是，到下午不断有朋友向我反映，我的手机一直能打通，只是没人接听。起初我还不相信，回家后用小米一打，果然大米袋子里有了震动声，它居然完好无损满血复活了！简直是奇迹，怎么会发生这样的事情！难道爱疯在自杀前已经做好安全措施，目的就是要吓我一次，好让我知道它更昂贵，更惹不起？

百思不得其解，没想到女儿却告诉我一个秘密，她说她今天偷听了袋子里的大米和爱疯的谈话，是大米君耐心劝说了爱疯君一天，才让它回心转意的。我问大米君是怎么劝说的爱疯君啊。女儿说，大米君说，何必跟小人一般见识呢，小米本来应该是用来煮粥的，不是用来煲电话粥的。一语惊醒梦中人，爱疯闻听此语，激动地在米袋子里颤抖起来。

和甲壳虫有关的日子

伦敦奥运会开幕，本没什么好感冒的，但早就泄密的摇滚乐大串烧还是勾起我一点兴趣，尤其是听说压轴曲目是保罗·麦卡特尼的 *Hey Jude*，便更迫不及待地搜出甲壳虫当年的现场先听了一遍。第二天看开幕式重播时，还特意选了摇滚迷白岩松解说的那个版本。说实话，略有失望。麦卡特尼毕竟老了，脸庞愈发丰腴，但嗓音已经喑哑嘈杂不忍听。所以我特别认同崔健每次唱现场时对早期名曲的改编，他不愿意重复以前的曲风，其实是因为再难比以前唱得更好。

听曲忆旧，还是不免回忆起几件和甲壳虫有关的旧事来。

大学有一年，突然收到远在西安同学的来信，交给我一个任务，要我务必在某天的电台节目中，为我校某系一女生点播两首甲壳虫乐队的歌曲，一首是 *Yesterday*，一首是 *Yellow Submarine*。

这件事让我很犯难。信收到的日子已经是他规定日子的前一天，当年电台甚至都没有开通电话业务，只能通过信件点播。主持人通常都要为某首歌先念一段矫情十足的点播信。我就算当天给电台写信并收到也来不及了。幸好系里有位师姐在电台做实习，和师姐素无交往的我怀着巨大心理压力找到她，师姐倒是痛快人，当即让我借一辆自行车带她到电台。主持人一副奇怪到扭曲的表情，她压根不知道世界上还有名字这么奇怪的乐队，问能否用别的歌曲代替，比如《找一个字代替》。我想了想说，那还是别代替了，让他亲自来送九百九十九朵玫瑰吧。

其实那会我对甲壳虫也只闻其名。没有特别的热爱，也就没有用心去探寻过，真正开始接触并着迷，真要拜互联网所赐。2000年之后，因为经常混一些论坛，逐渐搜罗到甲壳虫的一些MP3和歌词。有一次出差路过上海，去复旦拜会网友凌丁君，凌丁一口气将电脑里甲壳虫和鲍勃·迪伦的所有歌曲全部刻盘送我，还友情附带了一些日本爱情动作片。后来动作片光盘借出去之后再无回还，只留下几张甲壳虫和鲍勃·迪伦，反复听，只是还远没到贾宏声那种认列侬为父的程度。

又几年，到北京出差，遇到后来写出《雪山短歌》的马骅君。那时他估计已经在做去梅里雪山支教的准备了，只是还没人知道。那夜终生难忘的场景，便是马骅和朋友们兴之所至，站在露天大排档的椅子上，誓将甲壳虫名曲唱遍，*Yesterday*，*Let it be*，*Hey Jude*……一首一首唱下来，直到东方既白。

这么多年过去，迷恋列侬的贾宏声最终也没有从 *Yesterday* 里走出来，高唱 *Let it be* 的马骅则消失在澜沧江的怒涛中。来京后，我也很少再翻出过去的 CD 来听。

昨天在一个校友群，大家正调侃 *Hey Jude* 如何变成《嘿，朱德》，以及孙燕姿到底是不是中国人的时候，我忽然提起前文那段大学旧事，曾写信给我的那家伙居然矢口否认。私聊才知，当年他追的那女孩如今也在群里，并不知道有点歌这回事。其实我想告诉他，*Hey Jude* 是保罗·麦卡特尼写给列侬长子朱利安的，但朱利安直到成年之后才知道这首歌和自己有关。所以，现在让她知道也不算晚。

抽烟等车的人

这是几年前的事了，只要我在等车，就会想起闵子骞路与山大北路交叉口，37路车站牌下，我曾经遇见的，一个和我一样等车的人。

他的头发虽已开始凋零，脊背也正在弯曲，可他的老婆很年轻，健壮，又有风韵。他的女儿也不大，小手臂还攥在他的手心里。他们一家人，和电线杆站在一起。我与他们隔着这根电线杆。

37路迟迟不来。"等车就是这样，三等不来，四等也不来。可是我有一个办法能让车快点来。"他突然对我说。

"现在你可以试着抽一支烟，你一抽烟，车就会来了。"

他掏出一支烟，我也掏出自己的烟。他给自己点火的时候，我的烟也已经点燃了。

我们一起从鼻孔里喷出第一口烟。

果然，37 路车凶猛地跑来了，就像一个应验的咒语。

我扔掉香烟，跑上汽车。他的老婆和女儿也上去，只有他依然站在电线杆旁边。他朝车里摆摆手，怎么也不肯上。

"妈的，等车就是这样，左等不来，右等不来。好不容易抽一支烟的时候，它反倒跑来了。这么好的一支烟，才抽了没一口，这不是祸害我吗？我就是不上。怎么着也得先将这支烟抽完再说。你们走吧，我等下一班。"

汽车凶猛地跑远了，电线杆下面只撇下他佝偻的身影。

这么多年过去，我还一直是等车上下班。几乎每次等车不来，我都会一边抽烟，一边想起他，一个有趣的抽烟者。

丹毒

11月18日中午，我在银座旁边一家米线馆吃了碗麻辣羊肉米线。下午去上班，弄完稿子，晚上回家，就感觉脸上肌肉疼，用手指按压腮上的肌肉，火辣辣的，我知道坏了，上火了。鼻子先肿起来，非常大，非常饱满，非常硬。睡前洗了一个澡，洗完后浑身发冷，然后开始发烧。到第二天上午，已经烧得不行，没办法去上班了。

我以为这是屋里空气干燥所致，冬天已经过了两个节气，可是气温还是在十五度以上，而屋里的暖气又开得很足，空气干燥，鼻孔发干，所以诱发了"热毒"。上午请了假，躺在床上吹加湿器，尽量让水汽都吹到脸上，吹到鼻孔里，希望借此缓解一下鼻孔里的干燥，借此时间还读完小说《局外人》。下午勉强去办公室将活干完，同事都看到我已经烧得通红的脸。

早早下班回家，在路上买了一点治感冒的维C银翘片，一上公共汽车就迫不及待地吃了。不管用，这一晚上烧得我没法睡觉，左边的腮帮子完全肿起来了。第二天是星期六，又坚持到下午，决定去医院检查。

　　打车到市中心医院，挂了急诊内科，大夫一口咬定我是感冒，都烧到三十九度四了不是感冒是什么，再不来的话，有可能烧成肺炎。打吊瓶。用了三个多小时，也不知道都打了些啥，只知道先是屁股上挨了一针，然后右手腕挨了一针，在此之前还验了血，臂弯里又挨了一针。从小到大第一次打点滴，还有一点新鲜和兴奋。以前看别人打点滴都无不怀着羡慕和敬意，如今总算也打了一回点滴，知道打点滴的滋味了。什么滋味呢？啥滋味都没有，不疼也不痒，就是坐得人腰疼。

　　这三个小时里，YH去泉城广场超市买东西，顺便参观了所谓的法国现代艺术展；而我接到阿法这个鸟人的电话。我们已经有一年多没联系。这小子居然说很想我，要来看我；我说我在医院打点滴呢，你来吧，他果然说改日改日。真他妈的白眼狼！

　　打完吊瓶感觉退了烧。医生建议我连续打三天，才可全退。我考虑到资金问题，怀着侥幸的心理，觉得打这一针问题不会太大了。当晚果然没再发烧。只是睡觉时，一闭眼，便能看见和毕加索的画很相似的一些奇怪形象，在眼前飘来飘去。

次日，就是星期日，又开始烧了。不但左脸肿，右脸也肿起来。我想这已经不是感冒，有可能是皮肤过敏。我想起星期四吃麻辣米线的事情，推测是吃辣椒的缘故。我还想起以前上高中的时候，皮肤出过一回问题，发痒，淌黄水，结黄色透明的小结晶，但是被我用红霉素软膏抹好了。我决定也用此法对付这次的病症。买了一点治过敏的内服药，和两筒红霉素软膏，开始在脸上涂抹起来。两腮又红又肿，鼻孔也是如此，抹了一些之后，似乎开始起点作用，鼻孔和两腮之间结合部的红肿消退了；但是，额头和眉心部位又红肿起来，而且从两腮蔓延到耳根、下巴以及脖子；额头上的则蔓延到头皮部位。与此同时，高烧又开始出现。

这一天，我拼命喝水，抵抗高烧。昨天才要的一大桶矿泉水，今天就被我喝空了。YH命令我拼命吃萝卜喝茶，说这治感冒有奇效。她又给我买来一堆退烧药和败火药。我吃了一根很大很大的大萝卜，喝掉一大桶水，无奈高烧还是没有退。晚上，阿广夫妇来探望，力主我再去医院看一下。阿广是这么安慰我的："在人生的道路上，总是会有一些坎坷和不平。"

由于喝水太多，胃液被冲淡，而且我是一直躺在沙发上迷糊着抵抗高烧，因此，吃的为数不多的一点食物也沉积在胃中，难以消化。又因为吃萝卜太多，晚上睡觉的时候，不论是醒着，还是做梦，都在不停地放屁。但胃里没有消化的东西还在作祟，让人睡不安稳。只好半夜起来在客厅里跑步，一直跑到黎明，无奈胃功能全失，沉积的食物好像一块石头，坠在那里。第二天又买来健胃消食片，才算有所缓解。

新的一周开始了。星期一，听从 YH 劝告，去山大齐鲁医院再做检查，挂了皮肤科的号，结果人家说是丹毒。丹毒，中医又叫大头瘟，认为是中"邪气"所致。所谓邪气，乃不正之气，就是说当冷不冷，当热不热，气则为邪（我怀疑是我这几天研究家居风水学走火入魔，研究不得法所致）；中"邪气"后表现为面目红肿，头大，是一种溶血性的病毒感染发作病症。需要打三天的青霉素来退烧，又吃一种叫做"严达"的药来治疗。

打完第一次青霉素，烧并没有退，一直从下午折腾到晚上，才好些。打完三次青霉素，吃了一些药，面目赤肿的样子才慢慢消退了。今天又去医院复查，才算真正没事。结果您听那大夫怎么说，他看了看我的脸，颔首道："嗯，这样看的话，你确实是好了；这也说明我当初的判断是正确的。"奶奶的，如果你再不判断正确，老子小命就没了。

星期四的时候，是最后一天打点滴，结果济南下了罕见的大雪。去医院想打车都难，还是一个已经拉了客人的司机可怜我，见我站在厚厚的积雪中，忍受着来往车辆泥水的飞溅，才让我上了出租车。中午，同事请客吃饭，见到我尚未消肿的尊容，都差点没吓趴下。

一场病生下来，YH几乎每天都问我一个问题："生了这个病，请问有何感想？"

说实话，除了每天靠看电视打发病痛折磨以外，我确实没什么感想。

哈里路亚，生个鸟蛋

　　去年圣诞的前一天，和今天一样，我在报社里闲呆着，没事可干。接到堂姐的电话，邀请我和YH共进这圣诞前夜的晚餐。时间地点都告诉我，我又通知YH。那地方离我的单位很近，走着也就两站地；而距离YH很远，而且她正忙着签版，害怕到时间赶不到，就不想来。我极力劝说她同意。

　　中国人不嫌节多。刚刚吃完冬至的饺子，转眼又是圣诞，公交车上一个四岁半的小孩对整车的人大声疾呼：圣诞节是外国节，只引得众人好奇。如今圣诞节在中国，越来越像那么回事了，人们提起它，好像说过年那样自然，听者也毫不奇怪，心领神会。独我不通世事，所以当昨天一个想要包我的女同事问我"明天晚上到哪里去玩"的时候，我直接就傻了，搞不清楚她为什么问我"明天晚上"这个具体的时间我"要去哪里玩"这个具体的事情。

回来继续说去年。下班时间正是堵车高峰，尤其又是圣诞前夜这一天，YH毫不例外地被堵在路上了。而我则焦急地在办公室里等她。为什么焦急呢？难道圣诞前夜吃饭赴约还怕迟到么？我不知道，但我的堂姐却几分钟一个电话地催我，我不得不几分钟一个电话地催YH。

总算到地方。堂姐正站在酒店门口焦急张望，看见我们之后才一块石头落地。"哎呀，快来吧，他们都吃完上去了。"经过简单了解，才知道原来她们公司的老总是个天主教徒，想在圣诞前夜搞个活动，请了许多社区里的老年教友以及公司客户来酒店搞活动。酒店的一楼餐厅被他包了。我们进来的时候所有邀请的客户和教友们都已经吃完饭上楼，独独有一桌上三两个人没有吃。堂姐为了让我们吃上完整无缺的一桌菜，愣是说服那几个人等我们。这让我和YH很不好意思，只求赶快吃完。酒自然是没有的，各种菜肴也没吃出什么味道。

上楼后，原来是一个很大的会议室。里面早就坐满人。大人小孩，老头老太，一堆人又一堆人，大呼小叫。人们见面都双手合十，并且"哈里路亚"。我们以为走错地方。终于安静下来，一个男人上去，念了一段"圣书"，"哈里路亚"之后节目开始了。来自附近小区的各个天主教老年演出队和天主教儿童演出队依次献上拿手的节目。节目样式很齐全，有老年女声二重唱，老年女声小合唱，男女老年二重唱，童声二重唱；还有秧歌舞、山东快书以及自我从教演说。内容自然是表扬主赞美主的。

给我印象最深的是几个老太太边舞剑边打手鼓边扭秧歌边做广播体操边唱《赶快迎接大复兴》或者《哈里路亚》又或者《主来接我们》的综艺节目。歌曲类似《沂蒙山小调》那种山东民歌曲风。那些老太太用济南话每喊一声"哈里路亚"的时候，音调是从高处往下掉的，好像是从悬崖往山脚扔石头，越到最后声音越沉，那个"亚"字足足有千斤重，足够砸出一个大坑。我一开始没听清，还以为是她们没协调好吵起架来，"哈里路亚"听成"去你妈的"。但我还是感到很吃惊，没想到天主教社区老年人文艺活动组织得这么好，这么丰富多彩。

还有一个印象较深的节目是一个很结实的中年女人突然跳上舞台，像打拳一样立个架势，号召台下的人都站起来，跟她一起喊"哈里路亚"，并且每喊一句就连续鼓掌四次。要求鼓掌用力，口号用力，要求喊出铿锵的节奏感和天主教的气势。我在这铿锵有力的人群中突然感受到一种陌生的震撼，并且隐隐产生出巨大的恐惧，好像是被他们的"主"发现了，我是一个心怀鬼胎的卧底。我听说过一个记者去卧底参加传销老鼠会的故事。我还听说保险公司培养业务员的时候也都是要大喊大叫的——"我能行，我一定行!!!"鼓掌"哗"——我最后想起来了,我的堂姐所在的公司就是一个保险代理公司。

因为实在害怕"主"真的会被他们召来,在看完堂姐参与演出的一个节目之后仓惶逃跑。堂姐的节目还不错,她扮演了一个天使,毛衣外边套一件类似厨师的围裙和护士的大褂那样的白裙子,手里擎着蜡烛,和别的天使一起缓缓走上舞台。在我们逃出那间屋子之后,一个人突然追上我们,塞给我们一包东西。直到下楼之后,才敢打开看,原来是一本美国的宗教小说和一本2004年的台历,上面尽是些血淋淋的宗教故事。我害怕宗教故事,因此,在回到家之前,将它们塞进马路边的一个垃圾桶。

在写本博客的中间,收到秦小雨的短信。内容如下:

牛妈妈向鸡妈妈诉苦:"都是生孩子,为什么我那么痛苦,你却总是咯咯的笑呢?"鸡妈妈说:"那你妈能比吗?你生牛,当然痛苦,我生蛋,所以快乐呀!"还让我担心的一个问题是,不知道今天洪楼的天主教堂会不会再次被激动的大学生们团团围住。(噢!主啊,请相信,他们的热情绝对和您没有半点关系。)虔诚的天主教徒们,连走进自己的教堂都会感到困难无比。他们不得不难得享受一次保安护驾的待遇。

吃晚饭的时候,我对YH说,今晚是平安夜,我买了一个猪耳朵,我喝小二,你喝花雕。

2004 年的最后一天

今天天气是最近几天最好的。虽然温度一天下降一天，但是太阳明亮，空气洁净。一上午都在办公室打乒乓球。往墙上打，往窗玻璃上打，能连续打二百多下。

中午，快吃午饭的时候，又接到柱子的电话。他上来就说了一句："新年好。"一听是我接的，就很失望。一般我都不接电话，而是一个小姑娘。他希望对那个小姑娘说这三个字，虽然他要找的还是我。他说："我现在正在连续拨电话号码，不管接电话的人是谁，都对他说新年好。"

他又说："今天是 2004 年的最后一天，我一定要在中午和我最好的朋友在一起喝一次酒。你来吧。"

我还是很高兴，虽然他几乎每天都打电话骚扰我。

我坐车去他那里。我们过了马路，到渌源餐馆。在靠大玻璃窗的座位上坐下。明亮的阳光照射进来，脊背和胳膊上都很温暖。

三个菜：老醋花生、黄豆芽炒粉条、水煮肉片。一瓶很小的小二。

要不要腰花？他问。

你说呢？我说。

要不就不要了吧。

不要就不要。

你看，这里是济南的CBD。他说。

我们都将头转向玻璃外面，看马路对面那座黑糊糊的跟火箭筒似的中银大厦。

我还没在济南的CBD吃过饭呢。我说。

我的意思是说，我还从没一边看着CBD的大马路一边在CBD吃饭呢。我又说。

有时候，你只看这一小段视野之内的建筑，还会以为是在北京呢。他说。

我也没在北京的CBD吃过饭。我说。

我准备做期货。他说。

期货是什么？我问。

期货和股票有什么区别？我又问。

我一直没搞清期货、股票和货币都是些什么东西。我说。

货币就是通货，通货你懂吧？他问我。

就是到处都通的意思。我回答。

而股票是证券。他说。

证券又是什么？我问。

证券和期货以及股票看上去都是什么形状的？你得给我一个具体可观的外形的描述，我才能懂；不要说得太抽象。比如，它是方的，还是圆的，是扁的，还是鼓的？它们是不是都表现为一张纸？我继续问。

根本不用纸，你打电话就行。他说。

我还是不明白。我想我也不可能明白。

期货是这样的，比如你做大豆，做小麦，做大米，炒这种实物……它的缺点是风险大，但利润也大……比如股票，当它低于你购买的价格的时候，你还可以抛售，但是期货一旦低于你的收购价格，就什么都没了。

那么，你准备炒什么呢？大豆，还是小麦？

我准备先炒上二百斤的大豆。他说。

我看行，这样你即使赔也不至于倾家荡产。我说。

我们慢慢喝完那瓶小二，又每人要了两瓶青岛清爽。太阳一直照在我们的身上，可是突然出现一片乌云。身上顿时感到嗖嗖的凉意。抬头一看，太阳被那座黑糊糊的火箭挡住了。整座酒店都被这片火箭的乌云所遮盖。

"看，那个傻女孩又来了。"

我回头，看见一个脸型怪异的女孩在门口大声怪叫。她留着男孩子一样的头，穿着一件肮脏的夹克。

"每次来这里吃饭，都遇见她。她哭起来真吓人，就像个婴儿一样。"

这时进来一男一女两个人，拉着疯女孩的手，在我身后的座位上坐下，开始点菜吃饭。

"这是她的父母。我每次来这里吃饭，都遇见他们。"

他的父母都很正常。

我跟他讲了去年我在 80 路汽车上经常看见的一对都很不正常的母子的事情。

我又跟他讲了一个如何让孩子在肚子里就疯掉的方法。

我的斜对面，是一对漂亮的女孩，并肩坐在那里吃饭。我抬起头，就能看到她俩。对面墙上有一面大镜子。从镜子里，看她俩更清楚。我一会儿看她们本人，一会儿看镜子。

柱子突然笑起来。他说："有一次，我进电梯，看见中银的五个女职员，穿着一样的制服，站在电梯里，正每人拿一根牙签剔牙。他妈的，简直太好玩了，就像周星驰的电影。"

我们笑一阵，又讨论了一会周星驰的新片《功夫》。

镜子里的女孩往这边看了看。

"有机会一定跟老孟喝酒，你能学到不少东西。你知道吧？……关键是他什么都懂。你问什么他都知道。最近我对西亚和伊斯兰教穆斯林比较感兴趣，结果他连这也知道。"他说。

"嗯，老孟不错。"我说。

"你说，我们2005年能干啥？"他问我。

"我和你一块炒大豆吧。你敢炒二百斤，我就敢炒二十斤跟你。"

"嗯，今天真幸福，2004年的最后一天，能跟你坐一块喝一场小酒，太满足了。"他说。

"总有一天，我们会想起今天的。"他又说。

"真你大爷的。"

太阳再次照在我的脊背上。乌云消散了。它又从黑糊糊的火箭后面跑出来。

我们喝完酒，起身结账。

门口有几个男人正在谈如何炒外汇的事情，满嘴的英镑美元。中国银行的门口永远会有他们，袖着手，站在那里，看你走过来，很神秘地问你："要美元吗？"

我们走出饭店。

去上厕所的时候，我对柱子说："要不你还是炒外汇吧。"

柱子摇摇头，说："不行，风险太低了。"

"最主要的是，利润太低了。"他考虑了一会儿，又说。

海马水枪

　　本来想换零钱坐车，跑到一个小超市买了两袋饼干，一个康师傅蛋黄也酥酥，一个好吃点杏仁饼。我都不爱吃，是给 YH 买的。她早晨锻炼需要吃一点，不然会饿得头晕。结果两袋加起来是四块九。我若给五块，找我一角，换零钱的打算就落空。因此给了张十块，希望能找零。结果那姑娘说没零钱，硬生生塞给我五块一角。

　　提着饼干出门老远才想起来生气，如果当时提出不要"好吃点"就好了，看她怎么找，不是说没零钱么？我想总会找出一个一元的硬币的吧。我就是要这个一元的硬币。她若不找，我就两样都不要了。想来她不会那么笨，连生意都不做，一元的零钱还是会给我的。但我当时为什么没那样做呢？

　　还是要换零钱。找个卖彩票的地方去换吧，还能买张彩票，说不定能中大奖。上周星座运势上说，双鱼座的人上周会财运大开，桃花运也旺盛，提醒我上周应该到处走走，抛头露面一下，可是我上周既没有买彩票，也没有到处抛头露面。什么是财色两空，说的就是上周的我啊。这周还没看运势，不过买张彩票碰一下嘛，既然上周财运那么好，这周也不会差到哪儿去吧。结果——我从超市一直走下去，走过一个路口，再走到我要乘车的站牌，都没有一家卖彩票的店面或者摊点！但还是要换零钱坐车啊。身边卖报纸的小摊上，就那么几份本地的报纸，都在办公室看过了，不能再重复阅读浪费钱财。只好拐到一个社区街道里去，走了一圈，店面不少，但仍没有卖彩票的。看来本周财运确实不佳。

只好随意走进一家杂货店。走到柜台前，还是没想好要买什么。这里面主要卖些文具和儿童玩具、儿童食物什么的。店主问我买什么，我竟然回答不上来。他问是给孩子买吃的吧，我摇摇头，拼命想我该给孩子买什么。昨天 YH 给别人的两个孩子分别买了一套衣服，还给其中一个小女孩买了一个漂亮的发夹。但我们没有孩子，我好像很讨厌孩子。我已经不是孩子了，但我还是讨厌自己。现在，我是不是应该讨好一下自己。

忽然想起办公室某同事的孩子在附近一个小学上学，中午去我们单位，经常给我展示她的小玩意，有玩具水枪，袖珍荧光手电，小折扇什么的。我就想不如买些这种东西玩吧。但是袖珍荧光手电具体叫什么名字我当时没想起来，比划了半天，店主也没听明白，找了几样都不是我想要的，只好说买玩具水枪。挑了一个海马形状的，红色。一试，里面居然还有水，一下子射到店主夫人眼睛里去。为了做成这一块钱的生意，她当然不会介意的。我很高兴，给她五元钱，没有忘记换零钱的最初使命，店主很痛快地给了我四枚一元的硬币。

我用其中一枚硬币上了公共汽车。在公共汽车上，我兴奋地玩耍这只红色的海马水枪，虽然里面都没有水，但我还是不住地往车外的人啊，车啊，电线杆什么的瞄准，惹得车内人都很好奇。一个快三十的大男人津津有味地在公共场合玩玩具水枪，实在不可思议。

车行到济南二中，吓了我一跳，那么多人，那么多车，那么多警察！干嘛呢？今天高考第一天。有人说。一个女孩在车内高声惊呼：我的妈！

现在高考充分人性化了，不但对考生人性化，对在场外的考生家长也人性化了——校门外人行道上，一字排开许多有太阳伞的塑料桌椅，家长们可以坐在那里喝扎啤聊天打麻将。我看有的桌上就是全家出动，真的拿着扑克牌在耍。但是这些桌椅怎么够坐呢？更多的家长不是靠墙站着，就是铺张报纸坐在地上，手里拿瓶水，似乎没心情喝。马路对面的泉城广场上，人就更多了。

汽车在人丛中缓慢地行驶，我偷偷在车内举起我的海马水枪，瞄准这些猬集在一起，被称为"人"的动物。到处都看到人，车内挤满人，车外人头攒动。我看到走着的人，跑着的人，坐在马路边两脚叉开的妇女，下车后找不到妈妈的孩子，一个骑自行车的人撞倒一个清洁女工，老人在跟孩子争抢座位，一个大屁股女孩短裙的拉锁正在缓慢地往下脱落……这些人，这些动物！

我身边的女士很性感，然而手里却提着一个肮脏的方便袋，方便袋里装着一个肮脏的不锈钢餐盒。她提着这个方便袋的手扶在我前面椅子的后背上，那个肮脏的方便袋里的肮脏餐盒便耷拉在椅子背面，也就是我的双腿之间。我只要双腿轻轻一夹，就夹住了。但我感到恶心。我用我的手枪敲了一下那个饭盒，性感的女士只是动了动手腕，它重新落在我的两腿之间。

女士真的很性感。皮肤洁白，我能看到她的脸蛋洁白，锁骨洁白，两根胳膊洁白，两根大腿洁白，脚趾洁白。她的脚趾快要碰到我的皮鞋。我只要轻轻抬脚，就能踩它一下。我多么想踩一下，或者用我的手枪，假如手枪里有水，朝她洁白的脚趾上喷射一下……她的头发染成红棕，已经不是时髦的颜色，但是很性感，嘴唇从下面看上去很柔软，很鲜嫩，很红艳……没错，也很性感。我的水枪，假如有水的话……

　　回到家，在将水枪作为一个玩具和饼干一起送给 YH 之前，我先给她讲了一个用这只海马水枪杀人的计划。

　　请你相信，那并不残酷，相反，它将是一个令人捧腹大笑的故事……

女店员

上次在文化东路买碟，有两张放不出来，下午就去店里换了。将碟交给女老板，女老板看都没看就交给一个女店员。女店员傻傻接过去，怔怔站在那里，似乎不知道要她干什么。老板说了一个字"换"，她才明白过来。然后我跟着她往前走。她走到货架的拐角，那里放着一台碟片播放机。她将我的碟片放进去。

第一张是马丁斯科塞斯一个早期的片子，名字忘了，死活无法播放。小姑娘将碟片取出来，用刀子在碟片圆心的地方刮了刮，又放进去，还是不行。第二张是《可可西里》，能播放，但是枪版，不能看。

一开始我根本没看见电视在哪儿，所以很奇怪第一张她怎么检验出来的；等放第二张的时候，她说："这不能放吗？"我说："在哪里啊？"她让我抬头，我才看见电视在房顶上，隐藏在满满当当的货架之间，不注意还真看不见。

在女店员验碟的时候，我接到 YH 的一个电话。

女店员很爽快地领我到盛放碟片的箱子跟前，让我自己再挑两张。我说我想要《可可西里》的正版。她说有。我说那我再挑一张别的。她说正版《可可西里》十块，我说没关系，我再添三块钱就是了，于是低头专心找碟。

女店员突然问我："你是干什么的呀？"

我抬起头，看见她正朝我嘻嘻笑。我说："为什么问这个问题？"

"没有，随便问问呗。"她一边帮我找，一边还是嘻嘻笑。

"你看这个吧，这个好看。"我抬头，看见她拿了一张《新亚瑟王》。

"不看，烂片。"我说。她便不说话了。

我问她："你看我像干什么的？"

她说："我看你像个便衣。"

我很吃惊，问："我哪儿像便衣？"

她不回答，只是笑。

我突然想起刚才打的那个电话来。刚才和 YH 通电话的时候，我提到了"轻骑路派出所"，有可能是被她听见了。我问她是不是因为这个。她说是，因为我在验碟的时候打电话，而且说到什么派出所，她就很紧张。我就笑了，什么也不说，继续闷头挑自己的碟。

"你到底是干什么的呀？"她继续问，还是笑嘻嘻的，脸蛋绯红。

"你猜。"

"肯定不是学生。"

"这倒是。"

"你是不是当官的？"

"你看我像当官的么？"

"像。"她说。

"我哪儿像了？"我觉得很好玩。

"姐，姐啊，你过来看，看他像干什么的？"她招呼旁边的一个女孩。

那女孩走过来，端详我一阵，说："不像个好人。"两个人都嘻嘻笑起来。

"你找什么碟啊？"后来的这个女孩问我。

"没想好。"我说。

"这张很好。"她给我挑出一张，《暗流2》。

"刚刚在电影院看了。不好。"我说，"我如果买得多，而且常来，能不能便宜？"

"能啊，"女店员 2 说，"不过，你要是当官的就不便宜了；当官的都有钱。"

"凭什么认为我是官啊?"

"看你那么胖，还穿着这种衣服，下次来直接穿警服好了。"她也是嘻嘻笑。这里的女孩怎么笑起来都一个样子?

"好，下次我买一套警服来穿上。"我看看自己的行头，没发觉有什么异常，不过是一条牛仔裤，一件军绿的休闲外套而已。难道便衣都这么打扮?

"你帮我找《杀死比尔》的 1 和 2 吧。"我对第一个女孩说。

她找了半天，没找出来。我又让她找找《座头市》。很快找到了；但我又改变主意，不想要了。第二个女孩就很不高兴："要什么先想好了再说，人家辛苦找出来，怎么能不要呢!"这是个厉害的。我只好说要了。

这时第一个女孩拿来正版的《可可西里》，我准备掏钱包，给他们三块钱走人。第二个女孩又说："干脆你再找一张碟算了，《可可西里》另算，这样我们也好做账。"

"你们特怕便衣突袭吧?"

"不怕。"第二个说。第一个只是笑。

临出门的时候，我埋怨她们不肯给我便宜价，第一个女孩说下次来肯定便宜；第二个女孩则说已经很便宜了，正版的《可可西里》十五元一张，跟我只要了十块。

　　"下次直接穿制服来就行了。"第二个女孩跑出门口喊道，而我已经走在大街上了。

致幻剂研究

致幻剂研究

2002 年 7 月的一天，山东电视台的记者张春生和他的一些朋友到济南南部大佛头和黄石崖等山间游玩。在横向穿越一些悬崖峭壁的时候，误入歧途，走到悬崖的尽头，但是很难转身。他们本来就是爬着走到悬崖尽头的，一边是高耸的崖壁，一边是浩大的虚空，不过他们并没有感到有多么危险。在这条狭窄的小路上，生满了藤蔓类的植物，他们在这条小路上爬行，实际上是钻进了一个无边的藤蔓构成的绿筒。这些人也许都或多或少有一点受虐倾向，明知道这样走下去会无比困难，而且前面未必是坦途，他们还是像一群快乐的傻瓜那样爬着，到最后终于爬出了危险和令人迷惑不解的事情。

因为是夏天，天气异常炎热，张春生自然是身着短装的，藤蔓和荆棘，在他的胳膊和大腿上留下了数不清的小血口。在没有路的情况下，他们在绿筒阵里休息了一会儿，发现每个人身上都有不同程度的伤痕，于是相互开着玩笑，抽了一会儿烟，计划着下一步的行动。

时间是上午，太阳光线很强烈，但是因为在浓密的绿荫里，所以都不觉得热，也没有汗出，只是风透不进来，稍稍有点闷。大家都很无聊，因为想不出更精彩的下一步计划。

张春生随便从一根藤蔓上揪下一片树叶，放在嘴里嚼，大家都觉得很好玩，也学他那个样子，然后把藤条嫩茎上的汁液挤出，滴在各自的伤口上，一开始没有什么特别的，只是感到有些清凉，像清凉油的那种感觉，后来发生了令人想象不到的变化。

最先出现异常反应的是张春生，他最先感到一阵头晕目眩，然后又突然无比地清醒，像是睡了一次质量极高的睡眠，神清气爽。"就像刚刚重新投胎一般"，这是他自己的形容，然后也感觉不到自身的重量，觉得自己是无色透明的、平面的，被风一吹就能到处飞的样子。他声称自己看到了一棵罕见的参天大树。这棵大树高度至少有二百米，相当于一个小丘陵的高度，枝蔓纷披，树冠的最大直径也有几百米。他感觉自己是这棵树的其中一条树枝，同时是这条树枝上的一枚果实。他感觉自己这枚果实正在这条树枝上自由滚动，然后这枚果子脱离树枝，变成一只小鸟，飞了起来，飞进重云，自己就变成云彩的一部分，在天空中浮动，自由自在，偶尔还能看到云层与蓝天所构成的大海与湖泊，最后这片白云被风吹散了。

其他的朋友都分别出现类似的幻觉和症状，只是大家看到的和感觉到的东西都很不相同，但是在幻觉中的情绪上都无一例外是无比地放松和自由，是解脱，甚至不亚于重生。幻觉发生的过程大约持续了不到五分钟。对这奇妙的五分钟，大家都能互相证明其中的不可思议。于是采摘了那种植物的样本回去，交给一个专门从事致幻药物研究的朋友，希望从他那里得到合理的解释。

几天后，结果出来了，该种植物只是一种普通的野生藤条，没有任何可致幻的元素。大家于是都觉得这是一种偶然现象，或者属于在特定时间特定地点发生的不可解释的灵异事件。如果没有发生另外一件事情，张春生也许就真的这样认为了。

2005 年 8 月份，黄石崖发生一起大学女生坠落山崖而死的事件。作为一个事件新闻，他去现场拍摄，做了不到一分钟长的片子来报道这件事情。当然，这类新闻只是一笔带过，没人会做任何深入调查的；但是张春生在现场看到的女生尸体上有他以前见过的那种藤条刮下的伤痕，然后他去询问处理这起事件的警方，有没有尸检报告之类的东西。被告知没有，警方只是定性为一起普通自杀事件，无需尸检。因为有目击者声称该女生在坠崖前独在山间徘徊、情绪很不稳定之类。对于这种目击者的证词，张春生一直很怀疑。他找到死者所在的班级做调查，和一些同学聊天，发现一些可疑细节。

据一个和该女生较亲密的女生说，说该女生平时性格较孤僻，喜欢一个人上山游玩。有一回她偶然中说起在山间产生幻觉的事情，说那种感觉像飞一样，简直妙不可言。不过这个女生并没有把这个事情太当真，现在也只是突然想起来的，不知道是什么原因让她产生那种幻觉。

张春生似有所悟，特地再去山间，采了一些那种植物的样本回来，晚上又在自己身上做了一次试验，结果并没有什么异常。

两年之后的夏天，张春生再去和朋友登山游玩，特地去品尝那种植物的汁液。和两年前一样，张春生并没有产生什么异常，心中不免稍有失落。但其中一个女生却声称出现了幻觉，描述的感觉和张春生当初的描述有些相似；而且，一整天，那女生都表现得很神经，和平时的样子大有不同。但是鉴于张春生事先曾向他们说明该汁液可能有致幻作用，他对那女生的所谓幻觉持怀疑态度，认为她多半是在装疯卖傻。

黄金时代的劳作

　　秋天，父亲和母亲拿着砍刀去田地里割玉米。玉米已经成熟了，花生叶也在露水中生出铁锈一样的小斑点。我跟在他们后面，去捉肥胖的大豆虫、草稞里的蟋蟀和蚂蚱，顺便给他们打打下手，把玉米掰下来扔到一个指定的地方呀，把砍下来的玉米秸一堆一堆地捆扎起来呀，把嫩一些的绿秸秆咬在嘴里，尝尝还没有甜蜜的汁液流出来呀，等等。我到田地里去，主要是玩耍的，父母肯定也是这么决定的；他俩亲密地走在前面，根本没把我当成一回事。

　　与我们相邻的那块地里，年轻漂亮的女主人头扎方巾，也在埋头忙碌着，虽然我闹不清她忙碌着什么。她的儿子才有三岁大的样子，可是已经光着屁股在泥土里乱爬了。这个调皮的孩子爬上了他们家笨重的拖拉机，站不直的小罗圈腿还是那样嫩，却已经站在驾驶座上，握紧了方向盘，引擎不知道是怎样发动的，反正我看见这个婴儿已经驾驶拖拉机突突突突前进了，一直开到他们家土地的边界。这个时候一个穿牛仔装的男人从后面追上来，手里拿着一个庞大的有天线的东西，看来不是一台收音机，就是一个遥控器。他对着那玩意大吼一声："停！"机车上的孩子听到了，迅速从还在高速前进的驾驶座上蹦了下来，滚落到旁边湿润柔软的泥土里。那个英俊的男人也不知道是孩子的父亲还是漂亮女主人的情夫，只见他再次对着那带天线的玩意轻轻呢喃一声："停。"那笨重的拖拉机于是缓缓停下了。

　　母亲在前面掰着秣秸上的玉米，父亲在后面砍断秣秸，而我在最后面，什么也没有干，兀自发着呆。忽然想到要撒尿，但不愿意当着父母的面去干这件丢人的事情。瞧啊，我已经有了羞耻心哪！北风从树林后面吹了过来，我背对父母往一个隐秘的地方跑去。我迎着北风跑，大风吹弯了我嘴上叼着的雪茄。天哪，我什么时候叼上了雪茄，而且是父亲最珍藏的哈瓦那雪茄呢。不过，在撒尿的时候抽一根雪茄真是一件再惬意没有的事情了。雪茄燃烧的那头，红的火头一明一灭；猛烈的北风里，整支雪茄正慢慢地弯曲下去。我先跑到东面有玉米地遮挡的地方，回头看去，仍能看到父母；又跑到西面的玉米地里去，那里还有大片的玉米没有收割，钻到里面去，一定不会有人看见。

我钻进那片大大的玉米地，朝着一个方向猛钻，不一会儿，在前面显露出来的是一片广阔的花生地。我正要往花生地里踏上第一步，一阵猛烈的呵斥声借着北风传过来。在上风向，几个高大的农民纷纷回过头，对我怒目而视。阳光忽然很强烈，我一下子看清了对方，他们几个是我远房的叔叔。我想他们一定是误会了，他们不敢把我怎么样，我再往花生地里迈出第二步。他们愤怒了，纷纷举起铁锨，准备往这边走来。他们边走边喊："你们这些捣蛋鬼，还敢偷吃我的花生！看看你们的脚下吧，已经光秃秃地一大片了，都是你们这些老鼠变的东西挖去的！"我想他们是误会了，他们怎么会不认识我了呢？我可是认识他们的呀，我大声喊着辩解，可是我在下风向，他们什么也听不见。眼看他们举着铁锨走过来了，我很愤怒，但并不害怕，我要跟这些叔叔们对抗到底。他骂我什么难听的，我同样回骂他。我们在骂声中僵持着。

　　这时一个女人从他们后面绕过来，拦截住他们，对他们说了一些什么。他们于是不走了，也不骂了，而是羞愧地低下脑袋，转过身去，有的还偷偷回头看我。瞧，他们也知道害羞呢！那个女人向我跑过来，大约到我能够听见她说话的距离，停下了。但她并没有张嘴说话。

　　也不知道那泡尿撒在了哪里，我往回走，找我的父母。经过了一片荒地。荒地里长着几棵白杨树，全都高大无比，每一棵我都无法用胳膊合抱过来。我喜欢上了这个地方，在每棵树下面流连，久久不肯离去。我抬头往父亲母亲劳动的方向看去，大片的玉米地已经收割干净，土地立刻显得坦坦荡荡。在青青的玉米秸秆倒下的地方，并看不到我的父母。他们一定是躺在了秸秆上，在阳光的照耀下，亲密地亲嘴呢。

父亲在深秋田野里的一场比赛

父亲们在深秋的田地里劳作。我们自然不会关心；深秋的田野，有更奇妙的东西让我们着迷。

大豆的枝干上隐藏着肥大的豆虫。等大豆成熟，枝干变黄，它们也变得空前肥硕，身体露出诱人的油黄。我们生起篝火，将豆虫扔进火堆；不久，就有诱人的香气钻入鼻孔。我们都知道豆虫是多么好吃的东西，但同时扔进火堆里的，还会有新鲜的花生、大豆、红薯和玉米……我们还会去挖田鼠洞，破坏田鼠为过冬准备的储藏；我们还会带上狗，去追逐野兔，追逐獾，追逐萤火虫。我们能在田地里找到一些野草的果实。我们能找到紫色的"天天奇"，一串串的，犹如微型的葡萄。我们还会找到"酸泵"，它的果实隐藏在一层薄膜中；撕开薄膜，就会露出它珍珠般的脑袋。它的味道，是另一种酸甜。如果用力拍击那层薄膜，它还会发出"嘣"的一声脆响；但那薄膜的形状实在又像一个小水泵，我们于是命名它为"酸泵"。我们甚至还能找到一些野生的小甜瓜和长得根本不像样子的小西瓜。

可是这一天，我们对这些都失去了兴趣。我们发现自己已经厌倦了孩子的身份，而想让自己变成大人。是的，我们谈到了大人，尤其是男人，然后又说到各自的父亲。不知怎么回事，我们后来竟为各自的父亲而争执起来。

毫无疑问，我认定我的父亲是世界上最棒的男人。

事情惊动了正在劳作的两个父亲。

他们决定以实际行动来证明各自儿子的观点。

这时太阳已经落山，黄昏的微光从西边的地平线上弥散过来，从已经发黄的玉米叶子上反射出醉人的迷蒙之光。那些依然翠绿的花生叶子已经合上对称的叶片，但沉重的露水却随着温度的降低从那叶片上生出，坠开了叶片的闭合。叶尖上的露珠在坠落到地面之前发出最晶莹的亮光。暮霭尽管是弥漫的，但在你站着的地方向四周望去，它仍然像一层薄纱，缠绕在田野的四周，距离你好像还远；它好像是缠绕在田野四周高大的白杨树树干上的，它好像是缠绕在那些阡陌纵横的田间小路上的。

伙伴的父亲飞快地在花生地里连续做了三个侧身翻，引来伙伴们的掌声；但我的父亲并不慌张，他也给我们做了三个侧身翻，所不同的是，他的侧身翻一点也不快，可以说是缓慢之极的。但这种缓慢是可怕的缓慢，我的父亲只是将那人的动作按照电影慢动作的方式重新演绎了一遍。可以想象，当他的身体在空中旋转的时候，速度是缓慢的；当他双手撑住地面的时候，速度是缓慢的；当他一手撑地，另一只手离开地面，身体斜侧，双腿准备落地的时候，速度也是缓慢的。世界上还有比这厉害的控制能力和技巧么？至少从身体的耐力上，我的父亲已经胜过了他的父亲。

但伙伴的父亲并不服气。他又做了一些别的动作，诸如卧倒啊，起立啊，拿大顶啊，俯卧撑啊，仰卧起坐啊，三级跳远啊等等等等，凡是在田野里能做到的运动他都做了。可是，我的父亲依然是依葫芦画瓢，统统按照慢动作来处理。就说俯卧撑吧，他能做三百个，而我的父亲就能用慢动作，或者说分解动作做三百个；我父亲卧倒之后还能迅速弹起，拿大顶的时候身体能够像陀螺一样旋转，三级跳的时候能够随意控制身体在空中滞留的时间，他想什么时候降落就什么时候降落，不想降落就不降落。

最后的比赛是长跑。秋天广袤无边的田野，正是最好的田径场。哨声响了，伙伴的父亲率先冲出起跑线，而我的父亲却不慌不忙地往前走着。这时候我有些担心，难道我的父亲依然要按照慢动作的方式来处理这个比赛么？但我无法提醒我的父亲。

很快，伙伴的父亲已经无影无踪。而我的父亲信步穿过一块又一块还未收获的花生地，有时还会被高大的玉米淹没身影，但很快又在另一片田垄中出现，终于也慢慢消失在业已浓重的夜色里。

田野里寂静下来，篝火在静静地燃烧，蟋蟀在悠闲地弹唱。乌云从天边涌起，但另一半的天空却出奇地蔚蓝，秋夜的星空低垂到极点，我们躺倒在草丛中，以为伸手就可摘到星辰，闭上眼睛，以为自己就在天上。

篝火边只剩下我和那个伙伴。

我们不知道父亲长跑的距离究竟有多少，也不知道他们会跑到哪里去，更不知道他们何时才能返回。我们只是知道，我们要等。

他们总会有回来的时候。

村庄

母亲半卧在那张黄胶皮的破沙发上，疲惫得像一块大青石。沙发已经腐朽的四只木脚一截一截地矮下去，矮下去。我坐在母亲腿边的小板凳上。我们膝盖碰着膝盖。十年了，或者还多，我们好像都是这样坐着，膝盖碰着膝盖。她就这样喂我饭吃，教我写字或者讲些聪明人的故事来打发我满身乱爬的瞌睡的虫子。她希望我是个聪明人。

老堂屋的门虚掩着。雪亮的阳光从门板风干的裂口里插进来，在灰暗的泥地上挖了几条浅浅的光的小沟。小沟一直延伸到母亲的脚上。母亲在沙发里睡着了。隔着一个小茶几，另一只沙发空着，父亲不在。他很早出门，被邻居喊去拆屋了。这对沙发是他早年的光荣。现在这"光荣"的弹簧已经崩断，乌黑的棉花撑破了胶皮。十年了，或者还多，胡子都变软变花了。

门吱呀着被人推开，留生娘从外面进来。我起身迎上去，叫着"婶子"。她却剧烈地笑起来，天然弯曲的头发撑破头巾。她说："傻小子，辈分都论不清了。"我忽然记起我应该叫她"嫂子"的，嘴不知怎么变得忒笨。母亲醒了。留生娘一屁股砸进那张空沙发里，对母亲说："大婶子，我那哑巴闺女要生了，我真担心呐，要再是个哑巴那可咋办哪？"母亲说："真是个哑巴也得要啊。"留生娘说："要是得要，可哑巴生的还是哑巴啊。"

我来到大街上，遇到拆房子的父亲。父亲停下手中的铁锨，指着我，对邻居们说："看，我儿子。"干活的人都停下活看我。我瞪了父亲一眼。他嘴唇上落满尘土，尘土被汗水浸湿，他朝我笑了。真是奇怪，我居然敢瞪他，他居然也愿意冲我谄媚似的笑了，而且笑得那么傻。邻居们都在看我，葡萄架倒了，他们也没发觉。父亲说："干活吧，没什么好看的，小的时候经常被我揍得满地爬，有一回……"人们不再看我，都听他讲故事了。

我继续走。看见村子后面的山整个的透出红色，红得像一块大熔岩，烤得整个村庄都红了。过不多久，人都会烤熟的，我想。遇见一个侏儒，他叫了我一声，我才看见他。他说："要发大水了。龙山变红，就快发大水了。"我说："那快逃跑吧。""没人愿意走。"他摇摇头，说着哭起来，"你们都不会淹死，我那么矮，淹死的只会是我！"我想安慰他，但他跑远了，他没命地喊着："别拆屋了，求你们别拆了，留着好躲大水呀！"我的父亲和他的同伙没人听他的。

我继续走。另外两个长得和我一样高的少年伙伴走过来。他们都光着身子，头上不住地滴水。他们的阴毛还没有长出来。他们和我亲热地打招呼。我们一块坐在十年前的沙丘上。他们依然在上面打滚，身上沾满泥沙。我说："刚洗干净，怎么又弄脏了?"一个说："要发大水了，早晚得再洗。"我问："你们不怕吗?"另一个说："只有矮子才怕呐！""发了大水，该能逮多少鱼吃啊?""还有王八。""还有老鳖。""老鳖就是王八。""老鳖不是王八！""就是！""就不是！"两个人争执起来。

我看见村后的山更红了，红得像猪血。

母亲站在穿衣镜前，镜子里的母亲在发呆。我走过去，但镜子里没有我。母亲说："我看着像是生病了。"我说："您就是累了些。"她笑了，但镜子里的她却没有笑。这时父亲回来，还没来得及坐下，又走了，还留下一句话："拆房拆出好几条蛇来，怕是真要发大水了。"

母亲重又半卧在破旧的沙发里，我还是坐在板凳上，我们膝盖碰着膝盖。母亲说："留生娘的哑巴闺女生了。"我说："不是要发大水了吗?"母亲说："发大水也得生孩子啊！"刚才还是雪亮的阳光此刻变成金黄色，那些光的小沟开始向我的脚上延伸。

烧制与耕种

男人要用本地上好的黏土烧制砖瓦，因此砍伐了庄稼，禁止了耕种。

为了维持口粮，女人还要远走他乡，寻找没有人耕种的土地。只有荒漠是没有人耕种过的。一路寻找，最后也只好将一望无际的荒漠占领。

男人在家烧制砖瓦，女人远在荒漠耕种。每年两次的会晤，并没有认为彼此变得陌生。

他们和她们只顾埋头苦干，从不想为什么要这样。

直到有一天，在年终大团圆的时候，曾经身强力壮的男人抱起远途跋涉归来的女人，准备跳一支疯狂的舞蹈时，却不断地摔起跟头。他的胳膊再也不能将女人轻轻举起，举过头顶，再轻轻放下。是男人老了，还是长年耕作的女人变得身强力壮，这对男人和女人双方来说，都不是一个好解释的问题。

　　女人归来并不仅仅为了一场舞会，荒漠里的耕种也不常常是颗粒无收，而上好黏土烧制的砖瓦就要将故乡的田野铺平。

　　男人们最无法克服的一个难题，同时也是最想实现的愿望是，如何建造一个能将整块土地包容进去的砖窑，好将这土地烧红烧青，烧黑烧硬，烧成一马平川，烧成铜墙铁壁。

换头记

　　我和哥哥都喜欢一个女孩子。女孩子喜欢哥哥，但不喜欢我。似乎是因为我长得不如哥哥英俊。

　　一天晚上，我走进哥哥和那个女孩睡觉的屋子。屋子很黑，拉着厚厚的窗帘。我关上门，在门口静静地站了一会儿，确定他们都睡得很熟，没有被我惊醒。这样，我的眼睛也适应了黑暗，能够看到哥哥的脑袋和那个女孩的脑袋。这两个脑袋紧紧地靠在一起，活像一对并生的冬瓜。

　　我径直走到床前，揪起哥哥的头，轻轻扭了几下，就把它扭下来，感觉像是从一个大面团上揪一块小面团。我提着哥哥的头，凑到眼前细看，他睡得还真香。我又把我的头也像揪面团一样揪了下来。我把哥哥的头按在我的脖子上，把我的头按在哥哥的脖子上。

第二天早晨起来，我就听见哥哥屋子里发出的女孩的尖叫。她万万没有想到，和她一块过夜的，竟然是我，而不是哥哥。她从哥哥的屋子里夺门而出，迎面撞在我怀里，她看到哥哥那张英俊的脸，紧紧将我抱住，埋头痛哭。我则用手拍打着她的后背，安慰她，说没关系。

　　但是哥哥却很痛苦，当他发现自己的头被我盗取之后。他将这件事情告诉了法官。法官来我们家做调查，问我们到底谁是谁的头，谁是谁的身体。我说我是哥哥，哥哥很悲愤地说他才是。我们为此争论不休，结果把法官惹急了，他干脆双手一摊，撂挑子走了。

　　法官走后，我对哥哥说：其实你不用如此悲愤，你的脑袋在我的头上，其实就是控制了我的身体，我也就变成了你。她喜欢的东西也没变，还是你英俊的脸。我事实上还是什么也没有得到，除了身体上的欢娱。我用我的身体爱她，但她亲吻的却是你的嘴；她靠在我的胸膛上，却是在和你甜言蜜语。我看她，其实还是用你脉脉含情的眼睛，而她呢，却根本不会看我一眼。你在一边嫉妒着我们的亲热，殊不知那其实还是我在那里嫉妒，是我的头在你的身体上头痛欲裂，伤心难过。幸福的永远是你，而痛苦的永远是我。

　　哥哥说：我宁愿她根本不爱我，而我却像你现在这样占有着她的身体。要知道，和她亲嘴弄舌的不错是我，但双臂紧紧把她搂在怀中的却不是我；和她眉眼传情的不错是我，但进入她的身体，与她如胶似漆、欲仙欲死的却不是我。

我说：你又何必这么斤斤计较呢？如果有一天，我的身体厌烦了，我会把你的身体也换过来。但是到那时，她的形象在你脑袋里早已不再新鲜诱人，反而充满了对她种种的厌恶。到那时你就知道女人到底是什么了，而我为你省却了艰难而庸长的探索过程，使你直接得到一个结果。

哥哥说：你永远是这么诡计多端，肉体的欢娱你尽情享用，却将精神的负担都堆积在我的大脑。你的脑袋在我身上清净无为，却使我的身体荒疏衰败，如风中的灯笼。

哥哥说完这段话，不等我再说什么，就回到自己的房间。我从此再也没有见过我的哥哥从那间黑洞洞的屋子里出来。我想这也许就是他报复的一种方式。他用自己的身体为代价，使我的脑袋生出自闭症、抑郁症、恐光症等各种病症，不看书，不读报，不思考，不接触任何信息，最终让我的脑袋里一派空白，最后成为一个白痴。而他的脑袋则驾驭着我的身体，驰骋在无数的女人和光怪陆离的生活之中。他使我疲惫不堪，四肢无力，而他的脑袋里永远有使不完的奇思妙想驱赶我去完成，使我无法停下来，连喘口气的机会都没有。

杀鼠记

我知道老鼠就在地板下面。

新铺的木地板，全让它给糟蹋了，气得我牙根儿疼。

但是，我根本找不到老鼠洞的入口。

我找来一个铲子，掀开地板，真的是挖地三尺，正好一米（我也不知道为什么还没挖到楼下的天花板）。挖出一个一米见方的坑，坑里泥土潮湿，但是没有发现老鼠洞。

老鼠很狡猾，我用棍子敲遍所有的家具和地板，都没有发现它。

我到了洗手间，洗手间里除了一个抽水便池之外，就是一根裸露的下水管道从上到下。洗手间的四角没放任何东西，老鼠没有可以藏匿的地方，除非它藏到便池里去。我用棍子敲打了几下下水管道，除了传来空荡荡的回声，没有别的。我出去了。

在卧室、客厅和阳台又找了一圈，重新将疑点放回了洗手间。

我还是习惯性地敲了敲下水管道。重新查找了一下管道和墙壁之间的空隙，顺着这个空隙向上寻找，果然，一只大老鼠和一只小老鼠正在那个空隙里面，一上一下紧贴在下水管道上，从洗手间的门口根本看不到。

我用棍子将他们戳了下来。

小老鼠掉进便池，大老鼠咬住它的尾巴，将它拉出来，飞速向洗手间的门口跑。我站在门口，捣了两下，棍子都没有捣着他们，反而被它们穿了裆。

我追出客厅，一脚将小老鼠踩住，一碾，碾出一摊血。

大老鼠跑得很慢，肚子很大，好像是怀孕了，但很灵巧，棍子无论如何打不到它。

我换了一个粗棍子回来，它还在缓慢地移动。

我一棍子敲下去，它的头碎了。

怕它没死，棍子继续敲到老鼠身上，又敲了足够有十下。

棍子上溅满鲜红的血迹。

所多玛城的先知

我行走在黄昏的所多玛，伴随着高大的先知。他一身黑袍，走在前面，始终看不到他的面孔。我们在一个路口看到一个七八岁的少年，骑着变速车，飞快地从一个行走的女人后面掠过，将那妇女撞倒在地。自行车飞出很远，而少年却压在女人的身上，搜遍女人的全身，然后实施奸淫。这时，走过来一个警察，粗暴地阻止了这项未成年人犯罪，将少年从女人的身体上揪起，一脚将他踢飞，然后毫不犹豫地将那女人重新压倒，完成少年未竟的事业。

我和先知此时正在他们面前。我们似乎半身陷入泥土，以便更好的观察整个奸淫的过程。我看到那一身黑袍的女子露出美丽的脸庞，然后黑袍在警察的奸淫过程中脱落，露出吊袋一般的双乳。下垂的双乳激烈抖动，像一对荡着秋千的皮球。我在观察之

304

中获得了从未有过的满足，精液长时间地喷射出来，我感到裤子就要湿透了。我看了看身边的先知。先知和我一样站在那里一动没动，冷冷地注视着这一切。我无法看到他的面孔，他的面孔用黑色的斗篷遮盖着。也许他没有面孔。

我的裤子湿透了。我用手偷偷捏了一下裤裆，一股白沫从布的背面渗透出来。我害怕被先知看到，故意走在他的侧面稍后的位置。为了防止裤子里的液体继续渗透，我将手插在裤兜里，将最外面的裤子撑起来，让它不与内裤相连。幸好，先知是从不低头走路的。他跟我说话的时候，也从不回头看一看我。

这时，那个骑车的男孩从我们后面赶上，一边与我们同行，一边斥责我们的冷漠。他认为最大的罪恶不是他施行的，也不是那个警察，而是先知和我。我忘记了告诉他，当时我正在与一个来自天上的声音交谈。我们具体交谈了什么，我完全忘记了。只记得那正被奸淫的女人，诧异地看着我一个人自说自话。

先知根本不屑于和他争论，我就更不用说了。我们去一个男女共读的寄宿学校，到那里去做一个集会，听一个看不到的先知的演讲。我们聚集在沙滩上，只能听到他的训诫，却看不到他的身形，我们感到那个声音来自天上。

我在沙滩的最后排悄悄坐下，准备脱下我肮脏的内裤，将它扔掉，或者掩埋在沙子下面。我成功地实施了这个计划，但是，在我就要重新穿上裤子的时候，一个女孩，确切地说，是一直在我身边坐着的女孩，扭过头来，郑重地询问我："那就是在你们耻骨下面生长的东西吗?"我羞愧地提上了我的裤子。在那被洇湿的地方，粘附着一层无法弹掉的沙子。

生活的芒刺

　　刮了几天北风，天气凉透了，我想起春天放在楼下花园里的一盆芦荟，该不会冻死了吧。

　　一早跑下楼，将它搬回来，放在阳台上的老位置。经过整整夏秋两季的放养，风吹雨淋，它生长得更茂盛了。叶片更肥厚，叶子周边上的锯齿也更加尖利、生硬，而且嚣张，增添了许多只有野生植物才有的狂野气质，像一只再难以驯化的流浪猫，警戒着人的亲近，一不小心，就会被它的小爪子挠一下。

　　这芦荟已在家里生长多年，当初是妻子从花卉市场上买回来的。她偏爱买一些仙人球、仙人掌和芦荟之类的绿植。那时刚刚装修完房子，据说这些东西可以吸收甲醛，而且能释放更充足的负离子，净化空气；除此之外，还有很多以防万一但实际上永远也用不到的药用价值。

我对带刺的植物总有一种恐惧，那些刺总是让我不安，不仅仅是肉体上给人以潜在的危险，甚至在心理上也会留有一丝阴影，总怀疑这无处不在的尖刺仿佛生活的隐喻，而我的生活，就这样被这些植物给诅咒了。

　　有一天，连妻子也不喜欢它们了。不知道听了哪位风水大师的意见，认为房间里摆太多带刺的植物不仅会极大地左右人的情绪和气场，而且还可能带来不好的运气；应该多摆阔叶植物，尤其是叶片圆润，支茎柔软的，比如说绿萝，或者富贵竹。

　　慢慢地，阔叶植物开始占领并侵吞针刺植物的领地。那些足有篮球那么大的仙人球以及半米高的仙人掌都被她利用各种机会送人，唯独留下一盆芦荟，终究舍不得。芦荟的汁液可以美容养颜，我不知道是不是因为这个它才得以幸存。

　　但终于她连芦荟也受不了了，也许是芦荟的尖刺在众多阔叶植物之间愈发刺眼。春天的时候，它被遗弃到楼下花园里。从此，整整一个夏天接一个秋天，房间里似乎充满了圆润和谐的阔叶林气息，生活好像完全柔软下来，但好心情和好运气似乎并没有如期降临这个房子。

　　我时不时会去照看一下那盆芦荟。室外的阳光更加充分，整个夏天雨水也异常充足，更不用说有自然温润的风吹来吹去。它长得更加壮硕，虽然那种笨拙僵硬的姿态，没有怎样丰富的表情，但只要看它叶片上绿色的鲜亮和那尖刺的变化就可以知道，在这里，它比在室内更加幸福。

最让人意外的是，它居然开花了。像拔出剑鞘的利剑，从它身体里疯狂地抽出一条挺直的花茎，花茎顶端则是一团桔黄肆意的花朵。

你们有谁看到过芦荟开花么？我只能说，我没法形容那花的美丽和光芒。自从它绽放之后，我每天都去观察，直到它枯萎，直到那利剑一样骄傲挺直的花茎变得卷曲，枯萎，并彻底从它身上脱落。

出于一种可以理解的嫉妒，我没有将芦荟开花的消息告诉妻子。我知道，在生活的芒刺包围之下，我这辈子可能再难看到开花的芦荟。